KB199666

피에르 브리놀

1897년 파리 사람들

1897년 파리사람들
초판 1쇄 발행 : 2022년 8월 15일
지은이 : 피에르 브리놀, 모리스 쿠랑, 폴 푸아베르
옮긴이/엮은이 : 김윤정
펴낸곳 : 스틸로그라프 – Stylographe

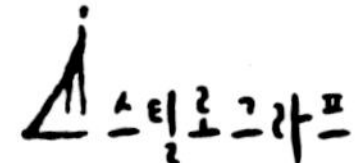

등록 : 2004년 10월 16일(제 2004-9호)
주소 : 경상북도 의성군 의성읍 북부길 58 – 23
전화 : 010 – 9391 – 7865 / 010 – 9560 – 7865
(+33)6 29 10 36 14
전자우편 : klaha2100@gmail.com
홈페이지 : www.stylographe.org

ISBN 979-11-972289-8-8 03860

값 18,000원

피에르 브리뇰 Pierre Vrignault

1897년 파리 사람들

모리스 쿠랑 Maurice Courant

폴 푸아베르 Paul Poivert

옮긴이 김윤정

차례

8 ···················· 서문
10 ···················· 일러두기
12 ···················· 1897년
19 ···················· 모리스 쿠랑의 서울의 추억, 한국 1900
29 ···················· 피에르 브리뇰(Pierre Vrignault 1867~1915)의 시
30 ································· 자전거
34 ································· 여전사-아마존
38 ································· 빙산궁
42 ································· 오페라 나들이
46 ································· 5시
50 ································· 외출채비
54 ································· 경마경기
58 ································· 코티용 댄스
62 ································· 모성애
66 ································· 미사 외출
70 ································· 자선 만물상
74 ································· 백화점
78 ································· 심부름꼬맹이
82 ································· 루브르 박물관
86 ································· 콩세르바트와르(예술학교)
90 ································· 오페레타 여가수

94 ································· 무용수
98 ································· 뒤발댁
102 ································· 작은 가정부
106 ································· 구세군
110 ································· 야간 식당
114 ································· 빨래하는 소녀
118 ································· 회전목마
122 ································· 꽃파는 아이
126 ································· 그랑프리
130 ································· 해변가에서
134 ································· 꽃전쟁

서문

이책에서 소개하는 시들은 산업적이고 사회적인 면에서 급격한 변화 속에 있었던 유럽, 프랑스에서 1897년에 발행되었다. 프랑스에서 '황금시대' 라 부르는 이 시기는 새로운 생활 양식으로 변화하는 때였고 차차 오늘날의 사회로 성장하는 시기였다.

19세기 말의 가장 두드러진 발달들 중에는 1889년 파리 만국 박람회에서 발표한 가솔린 엔진의 자동차 기관의 발명, 1896년 콜레라 치료제, 1807년 레일카-디젤 엔진으로 작동하는 기차-와 수상 활주정-수면 위로 공기를 내뿜어 선체가 공중으로 살짝 떠올라 고속으로 나아가는 배-을 들 수 있다. 영화의 출현과 인상주의라는 새로운 미술의 흐름 또한 빠트릴 수 없다.

문학의 영역에서는 시인들과 소설가들이 현대의 연예계의 스타들처럼 대중적으로 인기가 매우 좋았다. 1897년, 이 해에는 브램 스토커(Bram Stocker)의 《드라큘라》, 러디어드 키플링(Rudyard Kipling)의 《용감한 대위》, 죠셉 콘라드(Joseph Conrad)의 《나르시스 노예》 그리고 쥘 베른(Jules Verne)의 《얼음의 스핑크스》와 같은 명작이 있었다. 연극 분야에서는 시라노드 베르주라크(Cyrano de Bergerac)와 함께 에드몽 로스탕(Edmond Rostand)의 혹은 체호프(Tchekhov)의 희곡을 공연했었다. 시문학에서는 거장들이 줄을 이었다. 샤를 보들레르(Charles Beaudelaire)가 세상을 떠난 이후로 《횡설수설》로 떠들썩했던 상징주의 시인 스테판 말라메르(Stéphane Mallarmé)가 있었고 《퇴장》의 러디어드 키플링(Rudyard Kipling)과 《지상의 먹거리》의 앙드레 지드(André Gide)가 있었다. 루이 아라공(Louis Aragon)이 이 해 10월에 태어났고, 두 달 뒤인

12월에 알퐁스 도데(Alphonse Daudet)가 세상을 떠났다.

19세기의 시 문학은 부유한 자들의 문학과 같은 것으로 여겨졌었다. 다시 말해 그것은 특히 귀족 지식인들과 상류 사회에서 읽히는 문학이었다. 이 시대의 노동자들은 에밀 졸라(Emile Zola)나 쥘 베른(Jules Verne)은 읽었지만 12음절 행-현재까지도 전통적으로 최고의 시행으로 간주되는 시를 짓는 양식-은 그들의 세계에 속하지 않는 것이었다. 이 책에서 소개하는 시들 중에 상당량이 글을 읽는 사람들이었던 상류층에 대한 풍자와 해학이 곁들여졌다는 점이 주목할 만 하다. 또한 여기에 소개된 시들은 한때 낭만적인 이미지였던 프랑스와 프랑스인들이 주었던 이 인생에 대한 살맛은 간직하면서도 이기적인 호사 속에 굴렀던 부유층과 살아남기 위해 빈궁에 허덕였던 빈민층이 서로 섞이지 않은 채로 공존하는 당시 사회의 작동들을 설명이나 암시를 통해 잘 묘사한 장점을 가지고 있다.

폴 푸아베르(Paul Poivert) 기자

일러두기

1898년에 프랑스에서 한정판으로 발간된 피에르 브리뇰(Pierre Vrignault 1867~1915)의 시 작품 27편이 담긴 시집 ≪1897년 파리사람들≫은 1세기 후에는 원문 불어에서 한역으로, 유럽에서 아시아로 머나먼 시공간의 여행을 떠나왔다. 햇살이 좋은 어느 날, 읽기 쉬운 불어책을 찾고 있던 필자에게 베르사이유의 어느 고서 책방의 영감이 선뜻 골라준 이 시집은 당시 무명 작가가 쓴 글이라 했다. 시원스레 넓은 판형(198 x 282 mm)에 간략하게 다듬어진 글이 나란히 찍힌 시들은 세기를 건너온 누렁 표지에 비해 내지는 몇 사람이나 펼쳐 보았을까 싶을 정도로 손때가 묻어 있지 않았다. 거기에 적힌 시들은 읽어 보기도 전에 단어들 간의 여백으로 이미 운율이 드러나 있었다. 그것은 프랑스에서 12세기부터 전해 내려오는 가장 균형잡힌 시를 짓는 양식인 12음절의 시구(Alexandrin)와 그 변형이었던 것이다. 게다가 원문의 시들은 전부 4/4/3/3 절로 되어있었다. 다시 말해 27편의 모든 시들은 소리의 길이들은 조금씩 다르지만 같은 리듬을 반복했다. 그것은 다 같이 한 편의 시가 되어 파리사람들을 노래 부르고 있었던 것이다. 이렇게 아무도 들어주는 이 없었던 노래를 오래전부터 곱게 부르고 있던 그리고 이제부터는 이렇게 명명하기로 한 '타임머신' 을 손바닥 위에 올려놓고 나니 그것을 타고 한국 독자들을 만나러 가고 싶었다. 하지만 불어로 쓰여진 시들을 과연 어떻게 한국어로 그 운율을 옮기고 시가 전달하고자 하는 바를 이해시킬 수 있을까? 타임머신의 우연성을 증명하기보다 더욱 어려웠기에 결국 폴 푸아베르(기계 기술자-본문의 설명문을 쓴 기자)의 도움을 받기로 했다. 그리하여 기획도를 설계하고 정비할 수 있었다. 먼저 각 시들과 관련된 배경과 당시 파리

사람들의 생활방식을 알기 쉽게 설명한 주석 아닌 주석조를 달게 되었다. 민담을 듣는 것처럼 재미난 설명 글을 읽고 난 뒤에 시를 접하는 것이 좋을 듯하여 그 돌을 시와 나란히 왼쪽 하단에 두었으나 그 반대의 경우도 무관하다. 시를 접한 뒤에 소개되는 고전풍의 무채색 일러스트레이션에서는 명도의 강약으로 시의 느낌을 재해석했고, 이왕 옛 시절로 돌아간 김에 어린 시절의 숨은그림찾기로 타임머신을 찾아가도록 했다. 더 나아가 서문 다음으로 나올 1897년 전후의 주요 세계 동향과 한국의 시대적 상황 기술도 향상시켰다. 19세기 격변의 시대에 한국은 세계 각국이 모인 자리에 자신의 모습을 최초로 드러내었다. 고유한 문명을 가진 한국이라는 나라가 그렇게 존재하고 있다는 것을 알린 이토록 중요한 사건을 또한 타임머신에 태웠다. 지금의 김치와 비빔밥, 케이팝을 비롯한 수많은 한국 문화가 세계적으로 알려지는 데 첫 걸음을 내딛은 1900년 파리 만국박람회에 참석한 한국 사절단들은 대륙을 횡단하고 바다를 건너 많은 시간을 들여 프랑스로 갔지만, 정성스런 수리를 거친 한글판 ≪1897년 파리 사람들≫의 노래하는 타임머신은 이제 조정사(독자)가 결심만 한다면 순식간에 23세기 혹은 더 먼 훗날 우주 어느 곳에서든 어느 언어로도 한결같이 고운 소리를 내며 새롭게 발견될 수 있을 것이다. 세월이 갈수록 수명이 짧아지고 있는 듯한 지물머신(종이책)이 비로소 무음의 영역과 전자매체의 영역을 초월한 영생의 순간을 맞이하는 것일까?

2022년 7월 10일

엮은이 김윤정

1897년은 영화가 시작한 해이다. 이 해의 시네마토그래프는 여전히 요람기에 있었다. 이전까지는 투명 유리판에 데생을 그린 뒤에 빨리 돌리는 환등기(Magic Lantern)−17세기 이후 슬라이드 영사기의 최초−가 이미지들의 움직임을 대신 했다. 그런 뒤에 1894년에는 개별 상자 속에 움직이는 이미지들을 구경할 수 있는 토머스 앨바 에디슨(Thomas Alva Edison, 1847~1931)의 순환 촬영기, 활동사진 기계인 '키네토스코프(Kinetoscope)'가 발명되었다. 그렇지만 1895년에 들어서야 비로서 '영화의 아버지'라 불리우는 아우구스트(Auguste)와 루이 뤼미에르(Louis Lumiere) 형제의 카메라 기계를 조정한 시네마토그래프가 등장했다. 그것은 기존에 존재했던 35밀리 포지티브 필름과 카메라를 변형 합체해 영상을 촬영하고 보다 더 큰 스크린에 투사할 수 있는 것이었다. 그리하여 단체 상영이 가능한 오늘날의 영화가 탄생했던 것이다.

여러 달의 실험을 거친 뒤, 두 명의 발명가들은 가족적인 일상과 노동자들의 삶을 사실 그대로 촬영하기 시작했다. 1897년에 뤼미에르 형제의 다큐멘터리의 초기 모습을 띤 영화 프로덕션은 전성기에 이르게 된다. 적어도 오랫동안 영화 산업의 대기업이 된 샤를 파떼(Charle Pathé)와 루이 고몽(Louis Gaumont)에 의하여 압도되기 전까지는 말이다.

1897년은 또한 뤼미에르 형제의 발명 특허권을 사려고 했던 현대 영화계의 가장 중요한 인물이 등장했던 해이기도 하다. 하지만 뤼미에르 형제는 "파산하지 않도록 도와준 걸 고맙게 생각하시오, 왜냐하면 이 기계는 과학적인 단순한 호기심에 지나지 않고, 시장 상용의 가치는 절대로 없을 터이니..."라고 스스로 말할 정도로 과학적인 단순한 호기심에 지나지 않는다는 이유로 제안을 거절했었다.

그럼에도 불구하고 이 남자는 오늘날의 영화 스펙터클의 기본이 되는 새로운 표현 방식을 창안하게 된다. 이 남자가 바로 픽션 영화의 창시자, 조르주 멜리에스(1861~1938, Georges Méliès)이다.

그가 초자연적인 이야기와 완전한 상상의 세계를 보여줄 수 있었던 특수 효과－소품들을 이용, 촬영 신들의 마지막부들을 연결－를 고안하게 된 것도 자신의 카메라들의 빈번한 고장으로 인해서였다. 1897년 조르주 멜리에스는 파리 외곽의 몽트뢰유(Montreuil) 도시에 스타 필름(Star Films)라는 숙명적인 이름의 프랑스 첫 번째 영화 스튜디오이자 프로덕션을 차리게 된다. 그는 거기에서 당시 성행했던 마술쇼에서 착안한 그려진 무대 앞에 선 배우들을 촬영했다. 영화 제작자, 감독, 시나리오 작가, 무대 장치가, 촬영기사이자 연기자였던 조르주 멜리에스는 또한 흑백 영화 필름에 손으로 직접 색상을 입히는 방식을 고안하게 된다. 그는 환상과 혁신적인 기술 면에서 단연 걸작인 〈달나라 여행〉 (1902)이 포함된 〈불가능 횡단〉 시리즈 하나에만 600편 이상의 촬영을 하였다. 이 16분 영화는 오늘날까지도 픽션 영화의 발전의 상징으로 남아있다.

당시 미술계는 또 어떠했나? 19세기 후반은 산업적, 사회적 측면 뿐 아니라 예술계의 격변의 시기였다. 새로운 화풍의 출현으로 '국립 순수예술 학교(Ecole Nationale des Beaux-Arts)' 가 된 회화와 조각의 왕실 아카데미의 교육법 내에서 우리가 이전까지 알고 있었던 아카데미풍의 화법을 뒤흔들어 놓았다. 그때까지 성행했던 고전주의는 새로운 생각과 새로운 화단의 경향으로 의문시되었다. 전통적인 전시회의 문이 닫혀있던 반항적인 젊은 예술가들은 '낙선작 전람회(Salon des refusés)' 로 일컬어졌던 '앵데팡당전－독립 전람회(Salon des Indépendants)' 를 직접 창립했는데, 거기에서는 소외집단에 속했지만 나중에는 예술계의 명사가 된 폴 세잔(Paul Cézanne), 에드가 드가(Edgar Degas), 클로드 모네(Claude Monet), 베리

트 모리조(Berthe Morisot), 카미유 피사로(Camille Pissarot), 오귀스트 르누아르(Auguste Renoir) 그리고 알프레드 시슬레(Alfred Sisley) 등의 이름을 찾아 볼 수 있다.

1860년대의 이러한 맥락 속에서 바로 20세기의 우세한 미술 운동이자 오늘날까지 프랑스 미술 유산의 중요한 부분을 차지하고 있는 '인상주의'가 출현했다. 색감과 빛을 기본으로 하는 이 정화된 회화는 그 이전까지 거장들의 입김에 의해 권위적이었던 틀에 박힌 양식과는 매우 다른 것이었다. 그것은 세부 묘사와 데생을 우선시하지 않고, 빛의 무상함에서 태어난 감동과, 색과 형태의 효과에만 치중함을 빙자하여 당시 미술계로부터 하찮은 것으로 평을 받았었다. 인상주의가 프랑스 정부와 에밀 졸라(Emile Zola)와 같은 지식인 문필가들의 옹호 덕분에 프랑스 미술계의 정세에서 인정받는 자리를 차지하기까지는 1880년대를 기다려야 했다. 이후 이 새로운 장르의 작품들은 서서히 박물관과 전시장, 미술품 수집가들과 미술 시장에서 대환영을 받기 시작했다. 국제적으로 이미 정평이 난 세기말, 인상주의 화가들의 그림은 모더니즘을 찾고 있던 예술가들에게 매우 빠른 영감의 뿌리를 내려주었다. 신인상파, 점묘파, 생테티슴, 상징주의, 야수파 그리고 몇 년 뒤인 1907년부터 새로운 전환으로 접어든 미술 운동이자 구조를 완전히 상실했던 입체파의 그 유명한 파블로 피카소(Pablo Picasso)... 하지만 이건 또 다른 이야기이다!

1897년의 대한민국으로 가보자. 당시 한국은 '대한제국(Korean Empire)' 이라는 국명으로 봉건 사회를 벗어나 서양문물을 받아들이기 시작한 개화기의 초엽이었다. 또한 1897년 10월 12일부터 1910년 8월 29일까지 존속했던 대한 제국은 조선의 계승국이자 한반도의 마지막 군주국이었다. 건국 배경은 임오군란-민씨 정권이 정권 기반을 다지기 위해 네외 척족들과 개화파 관료들을 대거 기용, 1881년 일본의 후원으로 신식군대 '별기군' 을 창설한 뒤, 조선 중후기 국방의 중추적 역할을 담당했던 군영 '훈련도감' 을 축소, 대량 해고 시키고 급료를 미지급하는 등 신설된 별기군과 달리 차별했는데, 이때 1882년 훈련도감에서 해고된 구식 군인들의 13개월 동안 체불된 임금을 정부가 저급 불량쌀로 지급하여 일어난 난-과 재래의 문물제도를 일본식으로 개혁하고자 했던 갑오개혁(1894~1896)과 더불어 청나라의 간섭, 을미사변-1895년 10월 8일 조선 주재 일본 공사의 지휘 아래 일본군 한성 수비대 등이 경복궁에 난입하여 명성황후 민씨를 암살하고 불태운 사건-과 아관파천-1896년 2월 11부터 1897년 2월 20일까지 조선 고종과 세자가 경복궁을 떠나, 어가를 러시아 제국 공사관으로 옮겨 파천한 사건-이 일어나 갑오경장 내각이 붕괴되고 끊임없는 외세로 말미암은 열강 세력의 이권 침탈에 맞서 조선의 자주독립을 지키기 위하여 대한제국이 성립하기에 이르렀다.

개화파와 자주적 수구파들의 연합에 힘입어 1897년 2월 20일 경운궁으로 환궁한 고종은 지지파들과 함께 자주 의지를 대내외적으로 널리 표명하고 국가의 위신을 일으켜 세우려면 반드시 제국이 되어야 한다고 판단, 10월 12일 원구단에서 천제를 올리고 국호를 대한제국이라 변경하고 초대 황제로 즉위하였다. 대한제국의 국가는 민영환이 작사, 프란츠 폰 에케르트(Franz von Eckert)가 작곡해서 1902년 9월 9일부터 1910년 8월

29일까지 사용되었다. 국장은 오얏(자두)꽃 문양이다.

한반도 최초 근대 국가로 평가되는 대한제국은 급속도로 근대화가 추진되었던 시기이다. 정부기관과 제도를 개편하여 13도를 골자로 하는 지방행정도를 정비하면서 오늘날 대부분의 도·시·군 구역의 명칭이 이때 탄생하였다. 호구 조사와 지질 조사를 병행, 종래 토지 결수를 늘리고 집세를 부과하기 시작했다. 서울 시내와 인천 간에는 전철이 다녔으며, 대로변과 시가지가 정리되고, 수많은 유럽풍의 근대 건축물이 들어섰다. 전기회사 설립, 전신 전화 통화가 가능했고, 밤에는 가로등이 시내를 밝혔다. 또한 상공업을 장려하고 한국인이 설립한 수많은 가게가 들어섰으며 많은 서양 문물이 전파되었다. 오늘날의 대학교, 관립 사립학교와 각종 외국어 실업교육기관이 대폭 설립되면서 근대식 교육이 시행되었다. 공문서의 국문화, 국한문 12개의 신문을 발행하였다. 이어 소개될 동양학 교수 모리스 쿠랑(Maurice Courant)의 《서울의 추억, 한국 1900(Souvenir de Séoul, Corée, 1900)》에서 다시 한번 소개하겠지만 광무개혁 이전에 한반도를 방문했던 외국인 기자들과 선교사들은 몇 년 사이에 완전히 변화한 한반도의 근대화를 직접 보았고 또한 그 증거들을 자료로 남겼다.

식생활에서도 서양 문화가 많이 도입되었는데, 대한제국 곳곳에 경양식 식당이 개업했고, 한국인들도 서양 요리를 먹기 시작했다. 대한제국 제1대 황제인 고종은 궁전 내부에 카페를 만들어 커피, 홍차, 디저트를 즐겨 먹었고 수라상에도 사이다, 파스타, 스테이크, 돈까스 등의 요리들을 차렸다고 한다. 군사적으로도 많은 개혁이 진행되어 대한제국군이 탄생, 육군무관 학교를 설립하는 등 장교들을 양성하고, 서양식 대포와 최신무기들을 도입하였다.

하지만 수많은 서양 문물의 도입 과정에서 재정적 지지 세력의 한계와 상업자본, 금융자원의 부재로 말미암아 외국 자본을 침투시키는 등 일본을 포함한 외세의 개입으로 대한제국은 무단한 어려움을 겪었다.

1904년 러시아와 일본 사이에서 한반도와 만주를 둘러싼 지배권 싸움인 '러일 전쟁'에서 일본이 승리하고, 1905년에 루스벨트(Roosevelt, Franklin Delano 1882~1945) 미국 대통령의 중재로 포츠머스(Portsmouth)에서 강화 조약이 체결되었다. 그 결과 일본은 우리나라에 대한 지배권을 묵인받고 랴오둥반도를 차지하면서 대륙 침략의 발판을 마련하게 된다. 대한제국 광무 8년(1904), 러일 전쟁 이후 우리나라와 일본은 〈한일 의정서〉를 맺게 되는데, 일본은 대한제국의 독립과 영토 보전 및 황실의 안전을 위하고, 이를 위한 일본의 조치가 필요한 경우 일본에게 충분한 편의를 제공할 것이며, 이 협정의 취지에 위반되는 협약을 제3국과는 체결할 수 없다는 내용을 기반으로 한반도의 많은 토지를 군용지로 차지하게 된다. 대한제국 광무 9년(1905)에는 일본이 한국의 외교권을 박탈하기 위하여 강제적으로 을사조약을 맺는데, 고종 황제가 끝까지 재가하지 않은 원인 무효의 조약이 있었다. 대한제국 광무 11년(1907)에 고종은 헤이그에서 열린 〈만국 평화 회의-제정 러시아 황제 니콜라이 이세의 주창, 1899년과 1907년 세계 여러 나라의 대표가 네덜란드의 헤이그에 모여 군비 축소와 세계 평화를 논의한 국제회의로서 국제 분쟁의 평화적 처리를 협약, 국제 중재 재판소를 설치〉에 밀사를 보내 을사조약이 무효임을 주장하려 했으나 일본의 방해로 그 뜻을 이루지 못하고, 이를 빌미로 퇴위당하면서 대한제국 제2대 황제 순종(1874~1926)이 새 황제로 즉위하게 된다. 이후 1910년에는 대한제국의 통치권을 일본에 넘겨주고 합병을 수락한다는 내용의 〈한일 병합 조약〉이 강제 체결되면서 일본에 통치권을 빼앗기고 대한제국은 공식적으로 멸망, 1945년 제이 차 세계 대전이 끝날 때까지 일본제국의 식민지가 된다.

경술 국치 9년 뒤, 1919년 기미년 3월 1일에는 제일 차 세계 대전 후의 민족 자결주의에 입각하여 33인이 주동한 독립 선언서를 발표하고 일본의 강제적인 신민지 정책으로부터 독립하기 위한 삼일 운동이 있었다. 고종 황제의 죽음과 더불어 민족 자결주의의 확산이 한반도 전역에 발생하였고, 이를 계기로 1919년 4월에 중국 상하이에서 이승만, 김구 등을 중심으로 대한민국의 광복을 위한 대한민국 임지 정부가 창립된다. 이 기관은 광복 때까지 항일 투쟁 운동의 중심 기관이었다. 임시정부 창립 과정에서 국호에 대한 상반된 의견을 신석우는 "대한으로 망했으니 대한으로 흥하자."로 설득하게 된다. 이처럼 대한제국이 멸망한 후에도 '대한'이라는 국명이 오늘날까지 남아있게 되는 근거는 바로 여기에 있다.

지금까지 1897년 전후의 세계적인 주요 동향과 한반도에서 있었던 역사적 사건들을 대략적으로 훑어보았다. 이어지는 글은 한반도의 문화에 관한 연구를 바탕으로 많은 편찬물을 집필하여 당시 한국을 알리는 데 큰 공헌을 한 오리엔탈리즘 학자인 모리스 쿠랑(Maurice Courant, 1865~1935)의 ≪서울의 추억, 한국 1900(Souvenir de Séoul, Corée, 1900)≫을 소개한다. 이 글은 한국이 해외에서 처음으로 엑스포에 참가했던 1900년 '파리 만국박람회' 때 소개된 글이다.

서울의 추억, 한국 1900(Souvenir de Séoul, Corée, 1900)

모리스 쿠랑 (Maurice Courant)

—마르스 광장(Champ de Mars)의 한국관—

1900년 파리 만국박람회의 한국관

I

마르스 광장(Champ de Mars)의 최종 경계선 상에서 잃어버리고 쉬프랑(Suffren) 대로와 등을 맞댄 한국관은 대중에게 알려지지 않은 채로 있었다. 소심함 혹은 겸손함으로 한국은 오래전부터 만족했던 고독의 이미지에서 동떨어진 이 구석에서 알아보기를 원했던 것 같다. 만약에 그렇다면 성공한 것이다. 어쩌면 그가 원하는 바를 넘어서서, 왜냐하면 단지 극동과 친분이 있고 젊은 반도 제국의 친구들만이 이 우아한 입주를 찾아갈 줄 알기 때문이다. 허나 그럴 필요는 없고 한국은 여러 가지 이유로 방문객들을 맞이했다. 삼십 년 전의 한국은 몇 세기에 걸쳐 이웃나라 일본과 만주의 침략으로 경멸과 두려움 속에서 여전히 고립되고 정지되어 있었다. 1876년부터는 일본, 이후 미국, 영국, 독일, 이탈리아, 러시아, 프랑스와 반강제로 협정을 맺는다. 다양한 내부적 갈등 이후, 1892년의 상황은 여전히 큰 변화가 없었으나 협정은 준수되어 이방인들과 사신들과 선교사들과 상인들이 거리를 자유롭게 돌아다닐 수 있게 되었다. 그렇지만 제정은 외국들과의 신사협정이 없고 별다른 변화 또한 없었다. 국내는 낡은 행정 관리와 닥치는 대로 살아가는 사람들과 도로가 없고 상점 또한 적었다. 청일 전쟁과 독립 선언문 이후, 한국은 모든 것이 변한다. 다소 일본의 근대화 모델을 본보기로 군대와 경제를 재조직하고, 탄광 사업권을 양도하고, 노면 전차와 철도 기차를 설치하는 등 외국인들은 도처에서 고문이고 교수이자 기술자였다. 유럽국가들과의 동화정책은 완전히 끝이 났던가? 아니, 그렇지 못했고 아직까지는 아니었으며 그 또한 어쩌면 매우 다행이었다. 계획을 잡기 시작해서 '유럽 일치' 속에 들기까지는 일본의 25년이 필요했다. 그리고 유럽인들이 나가사키로 빈번한 출입을 하면서 2세기에 걸친 준비가 필요했던 일본은 자신의 국민성의 특징을 잘 간직할 줄 알았다. 그에 비해 이제 막 5년을 지난 이 새로운 한국은 엇비슷한 발전을 이루기 위하여 여전히 몇 년을 더 필요로 할 것이다. 적어도 그것은 어떻게 보면 발전을 멈추지 않기 위한 방식을 개시하는 것과도 같다. 이 점은 1890년대의 완전한 아시아풍의 한국을 본 사람들과 20세기의 여명과 함께 그렇게 변화하는 대한을 보는 이들에게는 벌써 중요한 점으로 남는다.

완벽한 기계들이나 현대식 산업물들을 보기 위해 한국관을 찾아가는 것은 좋은 생각이 아니다. 나라의 경제적 발전이 아직 거기에 못 미치기 때문이다. 한국은 무엇보다 먼저 농업국가이고, 사냥감이 매우 많고, 풍부하고 광대한 숲들과 말들이 있으며, 훌륭한 품종의 소들과, 물고기로 넘쳐나는 해안들, 식용의 미역들, 석탄과 황금을 생산한다. 방문객들은 이 모든 것을 표본병 속에 라벨을 붙인 정갈한 견본품으로 한 눈에 알아볼 수 있을 것이다. 행정 관리가 정비되고 서민들의 노동이 더이상 저지되지 않을 때, 짐을 나르기 위해 사람들의 등이나 가축이 아닌 도로와 철도로 상품을 운반할 수 있을 때 현저하게 유용한 이 모든 산물들은 풍부하고 국민들의 필요를 넘어설 것이다. 남용을 개선할 줄 안다면, 단지 쓸모 있는 서구 문명을 받아들이고, 저렴하고 빠른 통신과 생산 수단, 더욱 동등한 정의, 더욱 신중하고 더욱 명확한 재무 시스템, 마찬가지로 조금은 협소한 자원으로도 충분할 광기의 군비를 외국에 내버려 두기만 한다면 한국의 경제적인 미래는 충분히 낙관적이라 볼 수 있다. 또한 가능하다면 강대국에 대한 벨기에 혹은 스위스와 같은 나라를 오히려 모델로 잡아야 할 것이다.

II

우리가 한국관에서 찾아볼 수 있는 것, 그것은 나라 문명의 축약이고 바로 거기에서 우리가 잠시 멈춰서야 한다. 여기 다양한 견직물들을 한번 보자. 어떤 것은 망사처럼 가볍고, 다른 것은 결합되거나 장정한 두터운 것도 있다. 많은 것이 선명하고 대조가 강한 색조로 되어 있으며, 몇몇은 굉장히 부드러운 조화를 가진다. 비단은 그것을 준비하고 그것을 염색하고 그것을 직조해야 하는 얼마나 끈기 있고 섬세한 작업인지를 우리가 잘 알고 있다. 한 나라 안에 비단이 존재한다는 것, 그것은 미래에 대한 약속이고 또한 이미 독특하게 정제된 우아한 문명의 신호이다. 한국 사람들은 다양한 누에 종에서 뽑아낸 명주실을 사용한다. 이 산업은 중국에서 건너왔고, 그들은 거기에서 서기 첫 세기에 이미 주도자가 되었다. 구리 야금술 또한 매우 앞서 있다. 한국인들의 풍부한 식기류는 전부 색을 입히고 완벽한 음색을 띠는 놋쇠로 되어있다. 크기와 형태가 다양한 뚜껑이 달린 사발들, 술잔들, 수반들은 기하학적인 규칙성으로 매우 심플하고 매우 순수한 윤곽선을 두른다. 한편, 평양에서는 함을 장식하기 위하여 일본의 어떤 장검 보존 작업을 생각나게 하는 섬세함으로 철기를 오랫동안 세공해 왔다. 철에 금과 은을 입히는 상감 기법은 항상 끝손질이 탁월한 대부분이 우아한 예술이다. 근대식 도자기는 비교적 거칠지만, 종종 제작 연도가 사오백 년은 족히 거슬러 올라가야 하고, 덮개 아래에 데생이 있고 아름다운 회색 유약이 발린 항아리 조각들과 가끔은 항아리 전체를 찾아볼 수 있다. 한국 도기는 그 유래가 불확실하고 잘 알려지지 않은 또 다른 유형을 소개한다. 그것은 몇 세기에 걸쳐 일본의 광신적인 애호가들을 가지고 있다. 또한 프랑스 애호가들이 그들을 위한 새로운 도기 제품에 대하여 자각하게 할 정도였던 한국의 프랑스 대리 공사인 콜랭드 플

란쉬 씨(M. Collin de Plancy)가 기증한 세브르 도자기 박물관(Musée de Sèvres)의 수집품들에 의해 한국 전시는 한층 더 풍요로워졌다. 가구 공예는 자개를 박아 꾸민 목재 자개장을 만든다. 그들의 멋과 그들의 풍류에 어우러지게 구리로 장식하고 비늘로 내부를 댄 다양한 목가구들은 어떠한 저택 안에서도 그 자리를 이동하지 않을 것이다. 이처럼 특색있고 조금은 도식적인 넓적한 동물 그림으로 장식한 돗자리를 깔아 놓은 실내에 대해서 언급을 해야 할까. 그들의 기질에 따라 창문 앞에 살창과 양탄자, 웅크리고 살고 집 바깥문에 항상 신발을 두고 사는 국민들을 위하여 소파 내지는 매트가 거기에 쓰인다. 전람회는 또한 우리에게 완전히 신기한 신발 수집품들을 소개한다. 10센티미터 높이로 두 개의 목판 위에 올린 나막신에서부터 일본인들의 '게다' 를 닮은 한 덩어리에서 깍아낸 것은 비가 오는 날에 신는 것, 귀족 신분의 여성들-한국 여성들은 과장 없이 발이 매우 작았다-의 귀엽게 수놓은 단화 구두까지.

우리는 또한 흥미로운 보석들을 감상할 수 있다. 비녀들, 황금 금속선으로 세공된 향로들, 손잡이가 달인 호화로운 칼과 나무 칼집, 경옥 세공품, 조각하고 끌로 새기고 천가지 방식으로 장식을 박은 금속들. 그리고 조금 더 멀리 나아가 패션 모델의, 의복의 역사를 보충하자면, 상복을 입는 사람들은 천연색의 삼베옷을 입고 원뿔대 형태로 바닥이 직경 1미터는 될 정도로 거대하게 큰 밀짚모자를 쓴다. 규칙적인 군복을 입은 다음 궁정 예복으로 갈아 입는 고급 관리들 그리고 왕실 근위대는 공작새 깃털을 단 모자를 쓰고 화려한 빛깔의 의상을 입는다. 다른 진열로 가서, 군대의 총사령관의 의상은 역사적 시초로도 잘 알려진 투구와 솜을 밀어넣은 이중으로 된 주홍색 긴 직물 바탕의 갑옷에 금속 소재를 달았다. 나는 단지 모자들의 전집을 다 보지 못 한 것이 애석할 따름이다. 그것은 참으로 신기했다. 한국인들은 우리가 상상할 수 없는 가장 불편하고 가장 이상한 헤어스타일을 창조했고 또 몇몇은 지금도 여전히 그것을 고집하고 있기 때문이다. 하지만 이런 방면의 연구를 좀 더 멀리 나아가고 싶은 사람이 있다면 쉬프랑(Suffren) 대로에서 그리 멀지 않은 기메 미술관(Musée Guimet)의 수집품들을 조사할 수 있을 것이다.

III

지금부터는 한국의 예술에 관하여 한마디 하겠다. 들어가기 전에 먼저 한국관부터 한번 들여다보자. 그것은 한국 궁전의 성대한 거처인 왕족들의 방과 고대 군주들에게 제사를 지내는 예배당의 축소판이다. 중심부에 출입을 위한 난간과 계단이 있는 석재로 된 장방형 토대, 온통 직방형 건물 주변으로 난 넓다란 산책로, 낮에 그림자들이 일률적인 색조를 깨뜨리고 물 흐름을 좋게하는 볼록형·오목형 회색 기와로 번갈아가며 이고 높이 올린 경사가 심한 지붕. 네 모서리가 우아한 곡선을 타고 흐르는 수평 용마루, 가끔씩 세로로 난 금은 구운 진흙으로 환상적인 상을 올려 일으켜 세웠다. 약간 묵직해 보이는 이 지붕은 선홍색 원주 위에 올려진다. 골조인 대들보의 노출은 조각되었고, 어떻게 했는지 모를 온갖 화려한 빛깔의 백·흑·청·초로 색을 칠하였다. 그리고 특히 한국의 눈부신 햇살이 그것을 가까이서 보았을 때 놀라울 정도로 가벼운 느낌을 주는 조금은 육중한 이 지붕을 떠받치고 들어 올리며 서로 조화시킨다. 여기에 모든 건축술이 있다. 왜냐하면 만약에 벽이 하나 있다면 그것은 여백을 메우기 위함일 뿐이고, 항상 앞뒤 두 측면에는 바닥에서 1미터 반에 이르는 격자창의 돌출 발코니와 같은 정하부 높다란 목재 문이 그것을 대체하기 때문이다. 실내에서야 말로 건축술의 그와 같은 소박함이 두드러진다. 기름종이를 깔거나 네모꼴로 댄 바닥, 붉은색 원주와 가장자리의 격자 창, 색칠

하고 조각된 격자형 천장. 이 책자 속에서도 그와 같은 종류의 아름다운 천장의 사진을 찾아볼 수 있다. 이런 건축 스타일은 중국에서 유래했고, 일본인들도 한국인들처럼 그것의 본을 떴다. 하지만 만약 서쪽과 동쪽의 두 제국이 가장 광대하고 화려한 건물을 지었다면, 만약 일본이 특히 자신들의 놀라운 미술성으로 변이형, 윤곽선을 다양화 시키고 용도에 따라 검소함과 화려함으로 장식을 적절히 사용할 줄 알았다면, 한국은 이런 스타일에서 엄격성과 우아함이 있는 풍류를 유지했다. 게다가 한국의 건축술은 환경과의 어우러짐 또한 알고 있다. 항상 자연 풍광의 그림과 같은 아름다움을 재치있게 이용한 만큼, 풍광을 드높이는 데 쓰이는 기념물을 믿었고, 기념물의 가치를 높이기 위한 특별한 풍광을 믿었다. 이처럼 듬직한 증거인 궁전의 출입문에는 두 마리의 환상의 동물을 양옆에 세워 두었고, 백악의 숲으로 우거진 윤곽선을 드러낸 산등선 위에 올린 원석으로 된 이 요새의 증거, 특히 담벼락은 급류와 큰나무들 사이로 잃어버린 우아한 유원 마을은, 왕권 사임 이후 거기서 노후를 지내려 했으나 자신의 작품을 끝마치지 못하고 갑작스레 죽은 왕에 의하여 일 세기가 조금 더 넘는 기간 동안 재건되었다. 또한 사찰의 증거로서 룡띠유의 그것과 같이 소나무, 진달래, 복사나무가 우거진 숲 한가운데에 고립되고 석재 난간이 있는 성묘하는 묘소들, 그들의 동상들은 가끔씩 거대하고 그들의 사당들, 이 모든 것은 다시 나무들 사이로 푸른 잔디밭 위에 섬들로 씨뿌린 바다를 향해, 굽이치는 대하를 향해 마련된 전망과 함께 한데 어우러진다. 마지막 증거인 황제의 은혜를 기리는 영은사라는 이 우아한 중국의 문, 그것이 봉신제를 상징한다고 알려진 것처럼, 그리고 소위 말하는 유럽 스타일의 무거운 기념물로 대체된 우둔한 애국심에 의해서 무너진 것과 같다지만, 새로운 정치 상황에 따라 공교로운 게시판을 걷어 내고, 거기에 알맞게 대체하는 것이 너무나 쉽다 하더라도 나는 그것을 오히려 잔인한 것이라 부를 것이다. 하지만 문화의 파괴는 어느 나라에서나 있기 마련이다.

만약에 그들이 자연을 음미하고 그것을 더욱 미화시킬 줄 안다면, 한국인들은 또한 자수품과 회화 작품을 종이나 비단에 옮길 줄도 안다. 한국관의 실내 홀 좌편에 위치한 수를 놓은 병풍과 채색 앨범의 전체 진열장을 보면, 환상적이고 호화롭고 충실히 절도 있는 일본 예술의 어떤 것에 이를 필요도 없이, 또한 지난 세기에 걸친 중국 예술보다 더 살아있고 더 관찰력있는 한국 예술에 대한 견해를 말해줄 것이다. 나는 그림들 옆에 있었던 한국 조각상들을 보지 못 했다. 그렇지만 나는 가끔 너그럽고도 자비로운 진귀한 깊이감으로 얼굴이 표현된 어떤 금도금한 목재 불상을 감상할 기회가 있었다. 그러나 한국 전시관들 중에서 이 부분 만큼은 간단한 언급으로는 불충분하다. 나는 또한 다른 곳에서 감상할 수 있었던 수집품들과 우리가 여전히 찾아 볼 기회가 적은 마르스 광장에 전시된 이런 류의 그림들을 소개하고 풍부하게 재현한 단 하나의 카탈로그를 소망했었다. 그것은 일본인들에게는 최초의 원조였던 7세기와 8세기의 마스터들이 있는 이 나라 안의 미술 역사에도 도움이 될 첫번째 자료가 될 것이다.

이제는 한국의 서적들에 관한 이야기가 남았다. 여러개의 진열장들이 서적을 위해 사용되었고 오히려 그것은 당연했다. 종이의 아름다움, 두텁고 질기고, 솜털이 난 짜임새와 가끔은 불투명하고, 가끔은 윤이 나는 그리고 상아색인 종이들. 판형의 크기들과, 점잖고 눈을 즐겁게 하는 특색 가득한 우아한 선묘 그리고 이 모든 것은 정말로 설득력이 있다. 삽화는 여전히 뻣뻣하고 엄숙하지만 주로는 매우 간결하고 우아하다. 몇몇 애서가들을 위해 마련된 이 진열대들이 나에게는 새로운 발견이었다. 관람객들은 지금까지 한국에 인쇄소가 있고 융성한 문학이 존재한다는 것을 몰랐겠지만, 그렇다고 해서 내가 이미 다른 곳에서 말한 바 있는 이와 관련된 주제를 여기서 다시 언급할 자리는 아닌듯 하다. 나는 단지 한국인들이 10세기 이전부터 목판본을 사용해서 인쇄했고, 1403년 어쩌면 더 일찍부터 '변동 타입' 을 창조했으며, 많은 부분 콜랭드 플란쉬 씨(M. Collin de Plancy)의 수집품에서 온, 예를 들어 동양어학교(l'École des Langues orientales à Paris)의 것과 같은 유럽인들의 수집품들 속에는 많고도 흥미로운 한국 서적들이 포함되어 있음을 상기시키고자 한다.

만약에 한국 전시에서 배울점이 있다면, 그것은 겸손에 관한 교훈이 아닐까? 수 세기에 걸쳐 밖으로 드러난 역사는 고통스러운 수차례의 침략들을 겪고 물리친 것만이 기록된 가난한 소수 민족이 바로 여기에 있다. 그 모든 어려움을 가로질러 제 자신으로 남아 있고, 아주 오래전 중국에서 받은 예술과 문명을 보존했으며, 그 자체로 일본을 가르쳤던 나라. 몇 해 전까지만 해도 유럽은 그것을 몰랐고 습관적인 제 자신의 거만함으로 그를 기꺼이 미개한 나라로 취급했었다. 그리고 한국이 우리들 사이에 모습을 드러내는 것이 이번이 처음이고, 여러 면에서 우리의 것보다 앞선 복합적이고 섬세한 문명의 유물들과 그 무엇보다도 현대 세계의 영광 중에 하나라 해도 과언이 아닐 인쇄술을 들고 우리의 눈 앞에, 우리들 사이에 이렇게 나타났다. 우리가 다른 인류보다 우월한 자질의 소유자라는 생각을 좀 그만두자. 더 나은 도덕성이 우리에게 더 가치가 있고, 그렇다고 해서 우리의 수지가 더 나쁠 것도 없다. 대한 제국은 만국박람회에 참석하기 위하여 컬렉션들을 파리로 보내는 수고를 했다. 한국은 고대부터 문명화된 나라를 다스리고 있음을 보여주었고, 우리의 생각과 우리의 산업 중에 몇몇을 흡수할 준비가 되어있다. 그 존재를 보여주었고 동시에 우리의 오만에 사랑스러운 가르침을 주었다. 한국은 결코 손해본 것이 아니며 우리는 그에 감사할 수 있다.

모리스 쿠랑(Maurice Courant)

피에르 브리놀

1897년 파리 사람들

여성 의상의 유행

19세기말에서 20세기로 접어들면서 여성 의상의 유행은 완전한 변화 속에 있었다. '세기의 발전' 인 여성들의 답답한 자세가 조금씩 자유를 되찾게 된다. 단단히 조여 맨 코르셋과 몸에 꼭 끼는 받침살대가 끝이 난 것이다. 빳빳한 페티코트에서 가벼운 속치마로 교체되었다. 그때까지만 해도 치마는 매우 풍덩하게 바닥까지 내려오는 두터운 천으로 된 것이었고, 이때부터 부드러운 곡선과 나선형의 선을 타기 시작했다. 부푼 소매의 상의 또한 몸에 밀착되는 것으로 바뀌었다. 19세기 말과 20세기 초, 황금시대의 의상의 유행은 여성의 신체적인 실루엣을 드러내고 20세기의 가볍고 실용적인 옷으로 귀결되는 자유의 발단이라 할 수 있겠다. 여성의 신체의 아름다움을 찬양이라도 하듯, 허리를 뒤로 젖히고 엉덩이 부분을 두드러지게 하면서 가슴을 드러내기 시작했다. 그래서 여성들의 실루엣을 'S' 자라 불렀다. 스포츠 또한 더욱 편리한 여성 복장의 발전을 부추기는 데 한 몫을 했다. 부풀린 반바지를 입고 자전거와 승마나 골프를 쳤으며 몸에 붙는 수영복을 입고 수영 또한 할 수 있었다. 이러한 도약 속에서 20세기의 여성이 태어났던 것이다. 활동적이고 자립적이며 대담하고도 자유로운...

자전거

여성스럼을 간신히 드러내는
막연한 복장속에 가상의 성별
그럼에도 단념치 않는 눈부심
활동할 권리를 주장했네 그녀.

활기없이 난해한 둔한 종이여
결국 창백한 유전을 부인하네.
굳센 생기 미적 매력에 담고서
바람에 목마라 자유 굶주렸네.

웃는 제모습 보고서 미소짓고
-우리의 동등함이 박탈당했다-
오만불손을 무마시키는 이탈.

그 경멸의 매력을 누르며 우린
예법보다 탐식가의 활동으로
인생을 향해 끊임없는 페달을.

미녀와 야수

산업시대의 탄생과 함께 그리고 자동차 증기 엔진의 마력의 발전과 함께 말의 힘은 점차적으로 효용을 잃게 된다. 그때까지만 해도 보편적이었던 교통수단으로서의 가축 동물, 그것이 도시 산업의 분포에서 사라짐은 이미 예정되어 있었다. 마찬가지로 이 시대는 전술 면에서 인간의 가장 충실한 동반자였던 이 동물의 안락을 처음으로 염려하기 시작했던 때였다. 전투와 군수 지원에의 나폴레옹파 정복의 요인으로서의 인간과 말, 이 완벽에 이른 인간과 말의 이중주가 자연스럽게 모든 사람들을 감동시킨 예술과 공연이 될 정도로, 그 한 쌍의 힘과 재능과 용기와 단련에 우리는 감탄했었다. 그리고 그것의 궁극의 우아함 속에서 이 공생의 관계를 유지하기 위해 남성 기수는 매우 빨리 여성의 아름다움에 동물의 힘이 결합된 여성 기수로 자리잡게 된다. 이를테면 미녀와 야수의 전설과 같이.

전통 승마술의 토대를 찾으려면 고대 그리스로 거슬러 올라가야 한다. 이렇게 크세노폰(Xénophon)은 기원전 400년에 다음과 같이 기록했다.

“... 대가리를 꺽고, 목덜미를 쳐들고, 말굴레(재갈과 고삐)를 놓고 자신의 말을 걷게 하려 한다면, 당연히 그가 자부심이 강하고 유쾌할 수 있는 것을 하도록 하는 것이다. 그렇다면 그는 목덜미를 높이 쳐들고, 대견스레 그의 대가리를 끌어 당기며 부드럽게 다리를 들고 꼬리를 높이 치켜세울 것이다. 그렇게 되면 그를 바라보는 사람들의 시선을 잡아끄는 너무나 아름답고 너무나 놀라운 그리고 너무나 환상적인 광경이 펼쳐진다.”

가장 화려한 옷과 매력적인 표정으로 말의 우아함과 여성의 미가 여전사의 전설–아마존–을 창조했다. 오늘날까지도 이 아마존이라는 이름은 드레스를 입은 여자들이 두 다리를 모으고 한편으로 탈것에 올라 타는 방식을 두고 부르는 명칭이 되었다.

여전사 – 아마존

세련된 말 고귀한 곡마사
청중 앞에 둘다 의기양양
청청하게 앙칼진 목소리
자신만만한 걸음 지켰네.

옛법을 따르는 이 스포츠,
그들 시선 받는걸 느낀다.
말은 교태부리 걸음걸이
전사는 내리깔고 앞으로.

그네 서로의 고가 알고
또한 자알 이해했으니
멋진 한쌍 어우러지네.

도도한 이마에 굳센 인상
찬란한 빛깔에 고운 거죽
우아한 손길 젖힌 발이라.

스케이트장에서 극장이 된 빙산궁

오늘날 파리의 샹젤리제 근처에 원형교차로 극장(Théâtre du Rond-Point)이 된 빙산궁(Palais de Glace)은 1893년에서 1970년 사이에는 스케이트장이었다. 얼음 놀이를 위한 열광은 19세기 동안 전쟁이나 해외 탐방의 역사를 보여주는 그림들을 360° 각으로 전시하도록 만든 '파노라마'라는 여러 원형건물 미술 전시장들과 함께 대유행을 타고 일었다. 샹젤리제의 원형건물 또한 1855년의 만국박람회(Exposition Universelle)의 흥행물 중 하나였다. 세기 말이 되어 황금시대는 최고조에 이르렀고, 전시용이었던 원형건물들과 파노라마들은 더욱 재미있는 축제와 같은 다른 많은 시설물들 중에서도 특히 스케이트장들에게 자리를 양보하게 된다. 샹젤리제의 원형건물 또한 그래서 빙산궁이라는 스케이트장이 되었다. 앵글로색슨의 나라에서 온 스케이트 타기는 생동적이면서도 우아한 활동으로 자신을 내보이는 방식이자 조금은 과하게 태를 부린 세속적인 파티의 다양성을 추구하는 것으로 느껴진 프랑스 수도지의 부유한 젊은층에게 매우 빠른 인기를 끌었다. 이 건물의 얼음 무대는 방문객들이 찾아와 감탄하고 자신들의 매무새를 가다듬을 수 있도록 거대한 거울을 겸비한 입석으로 둘러싸여 있었고, 이 입석들 또한 프레스코화 장식 회랑으로 솟아올라 있었다. 음악적인 분위기는 오십여 명의 연주자들로 이루어진 대규모 오케스트라가 도맡았으며, 맛 좋은 코코아차를 마시며 스케이트 타는 사람들을 감상할 수 있는 테이블 또한 마련되어 있었다. 수도에서 가장 인기가 좋은 장소 중에 하나였던 빙산궁은 정상 상태의 트랙을 유지하기 위해서 지하에 작은 냉각 공장을 겸비했음에도 불구하고 당시의 기술로는 여름철 얼음 보관에 매우 큰 어려움이 있었기에 겨울철에만 개장을 했다.

빙산궁

강철위에 발, 일단은 아리송히
제비마냥 가벼이 올려놓고서
날갯짓 할랑거리 치맛짓으로
길 떠난다네 즐거이 생기있게.

그윽한 목소리 안색 드높이며
달아나고 주변서 미끄러지네
기다리고 있던 성공인바 충직,
먼 곳으로 슬쩍 시선 던진다네.

따라다니는 눈길 반짝 즐긴다.
오르는 동안에 당혹스런 풍문
미끄러운 반사의 냉담들 사이,

잡음과 공간 이런 행복한 꿈과
하룻저녁 향락을 위한 열정과
가고 스치고 사라질 환희라네.

lésion de la moelle, l'albuminurie une lésion des reins, etc. Sans lésion, en un mot, point de maladie, et à chaque entité morbide correspond une tare *organique* préjudicielle et efficiente.

D'après les vitalistes, au contraire, la vie est un principe distinct, une *force* au nome, une petite personne exté ri à l'organisme, qu'elle façonne e régit : *mens agitat molem !* Il va de so e le troubles que peut subir ce prin ipe im alpable retentissent sur la gue nille de chair où il se dissimule, — sauf à se l l'endroit *faible*. Que, pour une aison quelconque, la vitalité s'a re se déprime ou s'affole, et voilà san qui fermente, les humeurs qui viennent « p tes », les cellules se mettent à cour pret le torrent ci oire n apparaît, au de m mais elle par ent à la ction, mm qui on démo ave es, l le l efa ancien argumen la mét que pur le docte Alber siècle, tend s faits, à la mière nique et de la chimie.

***

***

a santé publique, on le
t trouver son compte,—auss
piritualisme ressuscité de ses ce
dans la communication anodine
s ir l'air d'y toucher, le do
er bin servait, l'autre jour,
lég e l'Académie, sur l'al
rie turique. *Latest ang*

Emile Gauti

Au Jour le Jour

E PALAIS DE GLACE

DES CHAMPS-ÉLYS

out le de connait
e situé aux Champs-E
l'Industrie 1

, tran
de fo comble,
c ne

qui évoque des
stifié. Palais de glace
atinera la glace artificielle,
ce aussi parce que les murs en
us d'innombrables miroirs destin
l'infini la gracieuse silhouette d gan-
tineuses qui vont y faire assaut de grâce
e souplesse.

tait sans dou
node d'électi
lentem

er-Lapie
folie sco
oi militai
ermanent d
blique, il a t
transformer
gistrement.
Dans les
assemblées a
ments dirige
térêts conser
critiquer leur
compte : M.
Angleterre.
Le Sénat a
et même une
tinées du pay
de l'indifféren
les prochaine
Cela n'emp
tures
ts d'
aigres.
Il est assez
en l'absence
un peu notal
ment, il me s
core M. Floq
lui oppose. S
faire de Pan
trine. De l'av
ses mains s
président qu
funèbres pou

꿈과 세속

1897년의 파리 국립 오페라(Opéra de Paris)를 말하자면 당연히 오페라 가르니에(Opéra Garnier)-바스티유에 있는 오페라 가르니에는 상당히 최근 건축물이다-와 관련이 있다. 그것은 이전에 무용술과 서정시의 음악 아카데미가 되는 소명을 지닌 국립극장이었다. 수도의 중심(9구)에 위치한 이 화려한 건물은 숨겨진 지하수 위에 건물을 지은 이후로 정체를 알 수 없는 유령이 나타난다는 설을 포함하는 항상 셀 수 없이 많은 전설의 대상이었다. 가스통 르루(Gaston Leroux, 1868~1927)의 유명한 소설 속에서도 오페라의 유령이라는 두 전설을 찾아볼 수 있다. 이 소설이 세상에 나온 이후로 그것은 '여자 뱃사공의 창고(la Grange-Batelière)' 라 불리우는 비밀의 물길을 통해 센느 강으로 연결되는 거대한 지하 호수 위에 오페라가 지어졌다고 생각하는 일반인들의 상상 속에 남아 있었다. 사실상 이 전설이 완전히 오인된 것은 아니었다. '낭만주의의 시선' 으로 본다면 현실은 실용주의에 훨씬 더 가깝다고 말할 수 있다. 기념비적인 건축물을 지을 당시에 건축가 샤를 가르니에(Charles Garnier)는 크기와 관련된 문제-센 강의 작은 굽이들이 중세 때부터 흘러들어 늪지대를 형성했던 지역에 수천 톤에 달하는 돌들로 건물을 형상화하는 것-에 직면해 있었다. 바닥은 너무나 불안정하고 물을 머금어 지하수층의 변동에 따라 건축물의 내구성에 문제가 생길 수 있었기 때문이다. 그래서 샤를 가르니에는 지하수를 받아들일 만한 거대한 저수탱크를 만들 생각을 했다. 그는 이 지하탱크 속에 진정한 기둥들의 숲을 키웠고 건물을 지탱할 아치형 돌다리들을 만들고 물을 채워 넣었다. 이렇게 지하수면의 압력은 물이 차있으므로 균형을 이루었고, 건물의 내구성은 그 어떠한 마찰과 유동을 받지 않게 되었다. 이후 다양한 실사를 끊임없이 해왔으나 1875년에 개관한 이래로 완벽한 견고성으로 지금까지 그 어떠한 위험성도 발견하지 못하고 있다. 나머지 전설들은 로맨스의 문제일 뿐이다!

오페라 나들이

고전적 기념물 속에
균형잡힌 원대한 선
사뭇 영롱 광채 요정
환한 불빛 아래 그것.

최신 곡조 노래하는
귓전 속삭이는 순간
대견한 눈꺼풀 아래
그저 눈길 부드럽네.

비단 외투 쓸고 끌며
어깨 하얀 전율 위에
요염한 역 바꾸었네.

저네 등장 듣고 서서
가락 보다 더 낱낱이
관객들께 경의를 표.

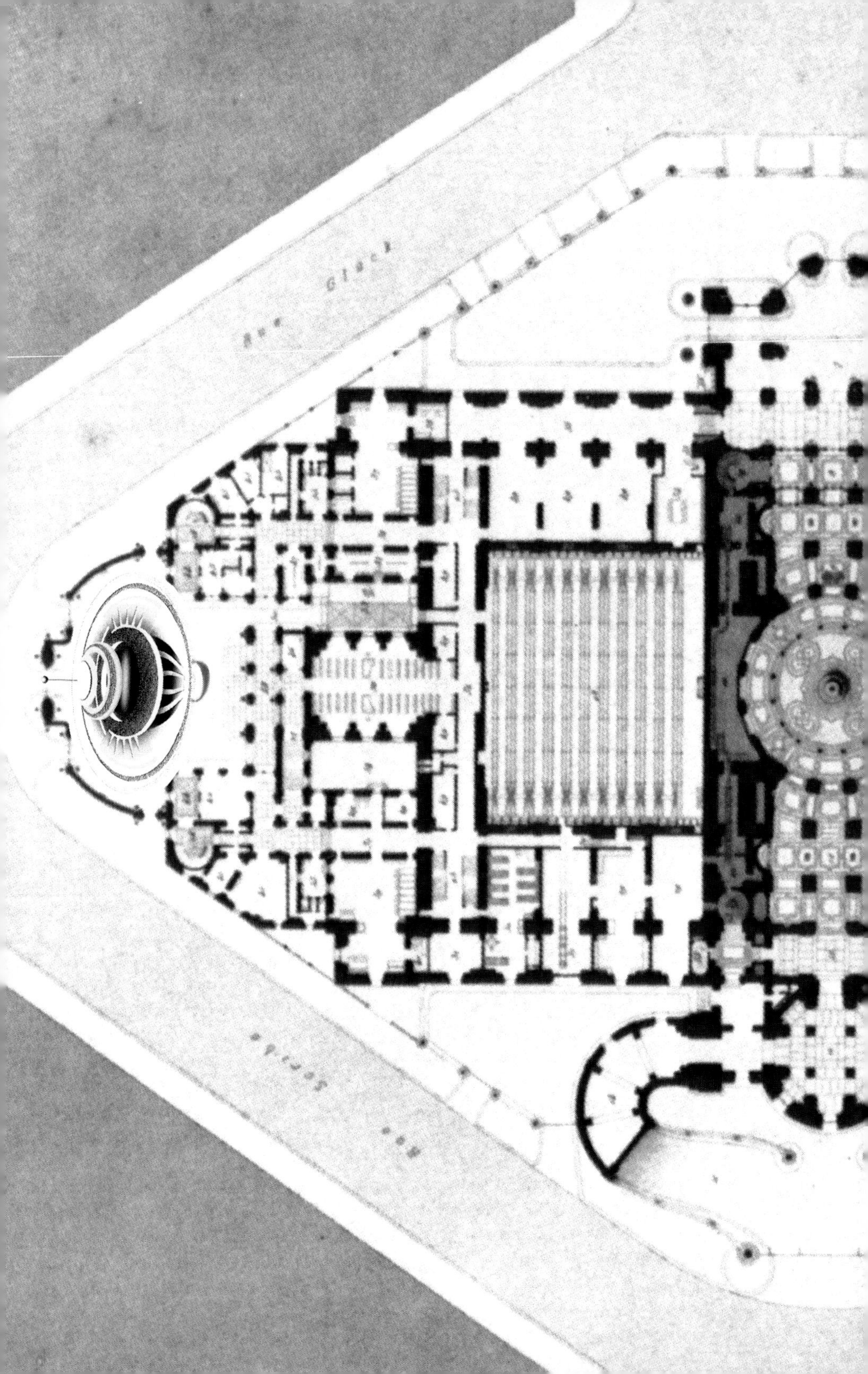
Rue Gluck
Rue Scribe

차 한 잔 마실 시간, Five O' Clock

영어권 나라에서 프랑스로 들어온 차는 황금시대의 파리지앵들의 응접실에서 상당히 유행을 타는 것이었다. 이 시기의 상류층들은 일반인들과의 차별을 두는 특징을 가지길 좋아했었다. 아울러 시골의 고성이나 도시의 건물을 소유한 지주들은 사회 혼합을 배제하는 생활 양식 속에서 어떤 사회적 '코드' 를 가지고 귀족계급 안에 머무를 수 있었다. 이 부르주아 계급의 부인들은 유행하는 패션이나 자리를 비운 사람들에 대한 다소 신랄한 험담으로 이루어진 피상적인 잡담의 미봉책처럼 찾았던 지루하게 한가한 오후 5시의 약속을 그 어떠한 경우에도 빠트리지 않았다. 덧붙여 뜬소문을 퍼뜨리면서 그들의 권태를 달래기 위한 이 배타적이면서도 체계화된 사교성은 주로 이 응접실에서 저 응접실로 가는 특권을 누리기에 용이했던 도시 지역에서 행해졌었다. 이런 사교계는 '파리 상류 사회' 의 시절이 천천히 만들어져 유지되는 가운데 두 전쟁 사이, 이런 양상이 기울기 전인 20세기 초반에는 마르셀 푸르스트(Marcel Proust, 1871~1922)와 같은 대작가에 의해서 정교하게 묘사되는 정점에 달하게 된다. 상류사회의 부인들이 이토록 중요한 약속에 불참하는 일이 없도록 패션계의 유명인사들의 참석을 암시했던, 당시 매일 발행된 『르 피가로(Le Figaro)』 신문에서는 프로그램 진행을 위한「사교계 일정표」를 실기도 했었다.

5시

들어온 여인네들. 수다
귀기울여 들은 헛수다.
사탕들. 차 한 잔. 고소한
–우유 넣을까? –구름 한 점.

연극 운동 연정 여행은
설법들과 여름 계획들.
최근 소식. 달짝지근한
참 최소한의 쑥덕공론.

괜찮은 장소 주소지도...
시간 늦었네. 저녁 전에
마침 들를 곳 서너 군데.

다정한 입맞춤. 떠나네,
똑 같은 표정에 지치러
다른 곳으로 가기 위해.

외출 채비 혹은 교태의 예술

19세기 말의 파리지앵들은 멋부림의 모델이었다. 그리고 특히 문학에서는 여성 혐오를 드러내는 남성 족속들에 의해 잇달아 고조되고 찬양되며 부러움을 받고 그렇지만 또 비난받고 조롱받는 풍부한 소재로서의 파리지앵들의 흔적을 찾아볼 수 있다. 그렇지만 파리지앵들의 여성에 대한 친절은 그들 인생의 장에서 매우 세련된 치장을 한 여성들이 중심을 차지하는 것을 전제로 한다. 또한 당시 평론가들, 논설위원들과 다른 문인들이 파리지앵을 말했을 때는 단지 귀족들과 부르주아 귀부인들을 말한 것이지 서민 계층과 노동자 계급은 이들의 장에서 존재하지 않았다. 이 두 세계는 공존했으나 서로 섞이지 않았다. 자신을 잘 드러낼 수 있는 장소에서 으스댈 시간을 찾으려면 물질적 안락과 한가함 속에서 넉넉히 살아야 했다. 왜냐하면 당시 그들의 세계에서는 다른 사람들에게 보이는 것이 존재 이유였기 때문이다.

몸치장은 인정받고 싶어하는 파리지앵들의 중요한 무기였다. 파리지앵의 패션은 항상 전 세계적으로 세련됨의 최선두에 있었기에 당시의 유명 의상 디자이너들이 틀리지는 않았었다. 그들은 또한 채비하는데 들이는 시간을 아끼지 않았다. 최소한의 옷매무새와 장신구는 매우 중요했다. 파리지앵의 두번째 무기는 주소록이었다. 동기보다 겉치레가 중요했던 카바레나, 공연장, 사교계의 소란스럽고 번쩍거리는 인생의 소속감을 받기 위해서는 알맞은 순간에 알맞은 장소를 찾아야만 했기 때문이다.

외출채비

주저없는 거울에 눈동자
담담히 서두름없이 자자,
맹세코 구김가진 않았지
전체는? 이내함 숙여보네.

그건 등줄기쪽 주름이야
휘리릭 곧추세울 날개여.
좋아. 매끄럽게 나갈시간
하얀손에 들린 두짝장갑.

가자어서 다급한 발소리
공연스레. 맛보려는 으뜸
기필코 탁월한 순간쟁취,

제 자신의 무언가를 위해
몇 시간을 앉아버티려고,
떠들썩 반질거리 빠리로.

과시의 중요성, 경마 경기

이 시절의 많은 풍조가 그러했듯, 경마 경기와 관련된 풍습 또한 영국풍에서 직접적으로 영향을 받았다. 영국에서처럼 만약 기수들의 옷차림이 형식적이었다면 관람객들 또한 매우 세속적이고 눈길을 끄는 화려한 차림새의 복장의 규정을 따랐다. 남성들은 연미복과 실크해트 모자를 쓰는 비교적 고전적 스타일로 남아 있었고, 반대로 여성들은 무시할 수 없는 행운이라도 만난듯 자신들의 컬렉션을 선보일 진열대를 찾은 재단사들의 콩쿠르를 감상할 수 있는 챙이 넓은 모자를 쓰고 호화로운 드레스로 서로의 감탄사를 자아내도록 경쟁했다. 이 상류층 귀부인들은 자신들의 시위운동을 보여주기 위해서라면 값을 따지지 않았다.

파리 16구의 부유한 지역과 인접한 불로뉴 숲에 롱샹(Longchamp)과 오퇴유(Auteuil) 경마장들의 건설 또한 대저택에서 멀지 않은 도시 자연공원에서 우아한 산책의 멋을 더할 수 있었던 유복한 시민들을 끌어당기는 데 한 몫을 차지했다.

노동자 계급의 대중들도 이런 일요일 파티에 참석할 수 있었으나, 그들과 같은 구역을 차지하지는 못했다. 부르주아들은 특별석이나 초대석에, 하층민은 경기장 트랙의 가장자리 혹은 마권 판매소(P. M. U., Paris Mutuel Urbain)에 자리할 수 있었다. 왜냐하면 부자들과 동석하는 서민들은 세기를 불문하고 언젠가는 그 자신도 떼돈을 벌어 부자가 되기를 항상 희망하기에...

경마경기

사방에 거대한 홀들 따라
속물과 사잇기둥 속물들
단상과 관람석을 뒤덮네
담소 소담하고 정보 얻네.

밑바닥 형태도 모르면서
붉은 복장 유니폼 위하여
업신여김 내지 변덕부림
대수롭잖게 어 대화하네.

우린 깊은 고민거리 있어,
특히나 나 청춘을 찬양한
당신 싱그런 단장 선보인,

파리 인사들 곁눈질했네.
하루일 좋고 담빡했으니
우승이야 아무렴 어떠랴?

Courses de Chevaux
Hippodrome du Brésilian
Lundi 19 Septembre 1904, à 2 h. 1/2 du soir
PRIX du CONSEIL GÉNÉRAL (200 fr.) — Trot monté ou attelé.
PROGRAMME :
DU PARC
la Société Hippique
le quatrième double son entrée.
Distance : 3.500 mètres. Départ au pistolet.
ORIGINE

Courses de
VILLE DE ROMANS
DE ROMANS
ES DE CHEVA
l'Hippodrome du boulevard
22 MAI, A 3 HEURES

무도회와 서민의 축제

19세기 말의 무도회는 모든 계급의 시민들이 즐기는 오락이었다. 그렇지만 각기 다른 계층마다 다른 관습을 지닌 것이었다. 상류층은 가족들의 동의하에 자녀들이 서로 정식 교류를 할 수 있도록 그들에게만 예약된 사립 무도회를 열었다. 평민들의 무도회는 종교 기념일, 공휴일, 국경일, 가을걷이 등 온갖 종류의 축제를 맞이하여 마을 광장에서 이루어졌다. 그것은 춤을 추는 기회를 넘어서 무산자의 삶의 노고를 잊어버릴 수 있는 거의 동일한 역할을 했다. 또한 젊은이들은 적어도 특혜를 받고 서로의 마음을 사며 가까워질 수 있는 기회였다. 극성스러운 이 무도회를 열면서 여성들은 여성 고유의 미를 통해 남성 우월주의자들을 애교 부리게 하고 갈구하게 만드는 앙갚음의 기회로 삼았다.

코티용 댄스는 춤을 추면서 파티의 마지막을 장식하는 발랄한 프로방스 지방의 파랑돌류의 무용이었다. 이것은 색종이 조각이나 리본을 물결치게 던지는 무도회의 화려한 피날레였다. 이때, 이성을 매료시킨 남성들은 황홀한 파티의 마지막을 기대할 수 있었는데 비해 그 반대인 경우, 그들의 실망이 지나가도록 내버려두어야 했다. 이 시절 이렇다 할 다른 권리-프랑스에서 여성의 투표권은 1944년부터 시작된다-가 없었던 여성들에게 남성에 대한 여성의 유일한 권리는 허리 벨트 아래에 있다 할 정도로 중요한 것이었다.

코티용 댄스

무도회 막바지 이르자 재차
복잡한 리듬 코티댄스 빛나.
최후의 왈츠 추며 환심 사려
각자 분발, 의기양양코 외면.

측은한 낯빛 조용한 내색도
선물 공세로 입찬소리 얻건,
비웃음 비웃는 거머쥔 여인
왈가닥 권위 수월히 가늠네.

무도회 절대 패권이 별안간
그 마음에 들고자 일체 감내
변함없는 승리 분명 말하니.

그래, 으뜸가는 아이 볼 줄 알고
훤한 기쁨 속내 읽을 수 있다네,
단연 휘감고 가만히 저미도록.

어머니가 되는 예술, 모성애

전시대를 통틀어 모성이라는 것은 종의 보존을 위한 모든 동물계의 기본이자 사회적 문화적 가치를 계승하는 원동력이었다. 어쩌면 몇몇 예외를 제외하고 여성들은 이 근본 관례이자 본능에서 벗어날 수 없을 것이다.

19세기 말의 여성들은 주로 남성들에게 지정되었던 노동 시장에서 매우 극소수가 활동했다. 평민 여성들을 위한 보조적인 몇 가지 직업을 제외하고 유복한 가정의 여성들은 현재 '가사 도우미' 라 부르는 일꾼들을 다스렸는데, 이렇게 '안주인' 이라는 명칭이 생겨났듯 그녀들은 집을 수리하고 가족 뿐만 아니라 정원사, 요리사 등을 포함한 집안일을 하는 사람들을 관리했다. 사회적 책임과 바깥일로 자리를 비웠던 아버지와는 반대로 안주인이기도 했던 어머니는 또한 자신의 대부분의 시간과 자신의 에너지를 바쳤던 자식들과 매우 특권적인 관계를 유지했다.

스스로 낳고 스스로의 인생을 바쳐 자식을 키우기 위해 여성들은 자신의 모든 배려와 모든 열정을 자식들에게 바친다. 도대체 어떤 여성이 제 아이의 미소를 보고, 어린애의 최소한의 표정과 감정에 감격하지 않겠는가? 우리는 옹알이와 첫걸음마... 를 조바심 내며 기다렸고 오늘날도 항상 기다리고 있다. 모성애의 본능은 희생 정신과 맞닿은 탄생의 비밀에 의해 연결된 이 두 존재들이 진정한 일체가 되도록 부추긴다. 그리고 어쩌면 어머니는 아이가 자신의 감정을 표현하기도 전에 그의 감정과 심경을 헤아릴 수 있는 유일한 존재일지도 모른다. 이러한 자기희생이야말로 시가 될 가치가 있지 않겠는가!

모성애

참 사랑스레 자라는걸 보라
하얀 이마와 선홍빛깔 입술!
이처럼 달콤함 건네주다니
지나갈 수있던 수많은 날들.

꿈이 그걸 따독일수 있으랴
수려한 글체가 쓸수 있으랴?
허덕임과 내버려 두지 않는
끔찍이 가꾼 그러한 이해심.

삶이 안착하는 곧바로 거기.
그들 새들의 재잘거림 마냥
강세가 침탈할수 없는 그곳

비애는 유일하게 이해되네
자상한 영혼으로 부여잡는
그요람의 찬연 레이스문양.

주일의 전통, 미사 외출

주일 미사는 종교가 여전히 우세했던 시절에 모든 사람들의 필수적인 통행이었다. 매우 나쁜 평판의 괴상한 옷차림을 무릅쓰고서라도 성당에 출석해야만 했다. 우리가 신자이건 아니건 종교를 가지고 경솔히 행동하지 않았다. 영적인 열의의 문제가 아니라 사회적 관습의 문제였다. 사람들은 주로 그들의 이웃에게 자신의 도덕성과 애덕을 보여주기 위하여 미사에 참석했다.

이런 주 1회의 기회에 상류층의 여성들은 장소의 특성과 관련된 존경심을 안고 정숙한 단장을 해야 했지만, 주로는 종교에 순종함을 보여주는 정숙과 수수함을 잃어버린 위엄과 멋을 부린 몸치장을 하고 외출할 기회로 이용했던 것이다. 지루함을 달래기 위해 양장점을 돌아다니며 시간을 보냈던 부르주아 여성들은 이 물질적인 풍요 속에서 무위하게 틀어박힌 경박과 모순이라는 이유로 주로는 사람들에게 비판을 받았다. 호사스런 구입품을 내보일 기회가 너무나 드물었기에 그녀들에게 미사는 반동적인 입김들에 충격을 가할 완벽한 기회였다.

성당은 고귀함이 공존했던 유일한 장소였고, 미사 시간에 평민 여성들과 노동자 계급은 제단 위에 독실한 신앙을 바치면서 피곤함을 잊고 과업을 소진할 수 있었다. 노동자를 입혔던 삼베가 부르주아의 비단과 함께 맹세했다. 이 두 세계는 진정으로 만나지 못한 채 한 점에 모인 다음, 미사를 마치고는 완벽한 무관심으로 다시 흩어졌다.

미사 외출

숱한 섬광에 바닥 얕고
잡음과 향락과 넝마로
무익한 인생을 채우는
경박한 영혼 알아보오.

거창한 형식 꾸민 재능
깊은 공백 치장했구려...
... 미묘한 비평을 검증한
사람들 이리 공언하오.

그런데, 이것좀 보시오.
지성으로 활활 타오른
쾌히받든 노동의 쉼터,

제대 앞에 순수한 신앙
단지, 무릎 턱 꿇고 나서
각자 제집 가기 바쁘오.

天主聖殿
福音宣播啟東
神化周流國
三位一體天主萬有之

대단원의 이야기, 자선 만물상

자선 만물상은 파리의 중심가에 공존했던 여러 자선 활동의 집결이었다. 이 동거는 소비자들과 후원자들을 재규합하기 위한 부담금과 공동 자선 사업을 주관하는 데 드는 경비를 나눌 수 있게 했다. 수도권 내에 여러 창고들을 빌려 쓴 이후 자선 만물상은 1897년 5월 4일 파리 8구의 샹젤리제에서 멀지 않은 곳에 위치한 목조 건물을 차지하게 되었다.

약 한 달 가량 만물상은 흥분 속에 있었다. 불우이웃돕기를 위해 다양한 기증으로부터 들어온 값진 미술품과 세공품과 보석들이 뜻밖에 많이 제출되어 자선사업이 개최될 정도였기 때문이다. 이러한 열광을 부추긴 것은 거물급 인사들의 방문으로 행사가 빛이 났기 때문이다. 그 중에는 알랑송 공작부인, 바이에른 공작부인과 며느리를 동반한 오스트리아의 엘리자베트 황후를 비롯해 방돔 공작부인, 벨기에의 왕의 조카딸인 레오폴드 2세, 루마니아의 캐럴 1세, 위제스 공작부인, 센트 샤만스의 후작부인과 다른 많은 사람들을 들 수 있다. 이러한 공식 방문을 장식하기 위하여 의심의 여지 없이 금고에 많은 돈이 들어오도록 건물은 특이한 간판을 내건 상가들과 가판대들과 중세 시대 파리의 거리를 표현했다. 계산대들에는 왕족들과 가까워질 기회를 놓치지 않기 위해 부르주아 계급의 귀부인들이 임시로 서 있었다.

그러나 운명은 이 축제를 비극으로 돌려놓고 말았다. 환등기의 연소성 탱크 옆에서 성냥이 우지끈 소리를 내면서 건물의 목재들을 순식간에 대다수 태워버렸던 것이다. 화재는 1200명의 초청객들의 공포의 아우성 속에서 125명을, 그것도 대부분에 여성들의 생명을 앗아갔다. 피해자들 중에는 알랑송 공작부인과 몇몇 다른 고관들이 있었다. 오늘날까지도 결코 재건되지 않았던 자선 만물상의 자리에는 추모 예배당을 찾아볼 수 있다.

자선 만물상

잘 차린 계산대 구석구석 세워졌네
아롱거리 자질구레 물건들 물건들.
꼭필요할 것없는 요것 꼭강요하는
함박웃음 띤 여점원의 상냥한 말투.

그녀들 곱살한 정성으로 애교부리
이토록 경박 미묘한 장사 수법이라
소실서 온 가장 변변찮은 푼돈에도
그거참 미소는 결코 부족치 않다네.

별안간, 어리석은 운수는 먹잇감터!
화끈, 저흥겨움 속 대뜸 싸잡는 인파
온천지 화사한 것들 마구 집어삼켜.

나부낀 재, 까만 부스레기, 불가지랄!
질색한 박장대소 쾌활들 얼린다니
얼결에 내민손들 오늘 결딴나려나!

Le Petit Jou

Le Petit Journal

SUPPLÉMENT ILLUSTRÉ

ete reco
Mlle
et J
ca

ne
ne ve
se d , recon
seuse et domestiq
de Go
Mlle ene Dub
rue Mari , sportée à domic

On ar e ainsi à un to de 107
officiellement reconnus.

Il reste 7 corps à reconnaître,
compter les débris qui peuvent ap a

al
BONNEMENTS

TERRAIN VAGUE
DE LA CHARITÉ

소비의 사원, 백화점

19세기는 특히 상업이 확산된 현사회의 발단을 가져왔다. 그것은 중세 노점상들과 이후에 생겼던 '새로운 상점들' 을 한꺼번에 바꾸면서 첫번째 백화점이 수도 내에 생긴 것으로 나타났다. 광대한 지면에 새워진 이 건물 내부에는 넉넉히 구비된 다양한 카운터들과 구미를 돋우는 배합들로 어떤 비평가들에게는 '오두방정 장수들' 이라는 별명으로 불리기도 했다. 주로는 의류, 향수, 화장품과 유행품들로 판매대를 갖추었던 당시 이 백화점들은 다음 연극 나들이에 치장할 예쁜 꾸밈을 준비하느라 패션 상점을 쫓아다니는 것이 중요한 사회적 활동 중에 하나였던 한가한 부르주아 여성들이 자유롭게 돌아다닐 수 있는 공간을 제시했다. 부르주아 계급의 구매력 상승에 관심을 불러일으킨 백화점들은 물건을 구입하지 않아도 되는 무료입장과 가격흥정을 했던 옛 시장과 차별화된 정찰제를 실시했다. 적은 이윤의 마진을 남긴 보다 적절한 가격으로 더 많은 손님을 끌어당겨 장사를 할 수 있게 되었으니 상인들의 호응 또한 좋았다. 이렇게 백화점들은 선택의 폭이 훨씬 더 넓고 풍부한 물품으로 소비자들에게 널리 애호되면서 진정한 소비의 사원으로 바뀌게 된다. 파리에서 첫번째로 간판을 내건 백화점은 지금 현재까지도 수도 7구역에 자리하고 있는 「르봉 마르셰(Le bon marché)」(1838)이다. 그리고 에밀 졸라(Emile Zola, 1840~1902)는 르봉 마르셰에서 영감을 받은 소설 「부인들의 행복(Au bonheur des dames)」(1883)을 썼다.

백화점

곱고 반반히 군센
야단 법석 여점원
매우 멋스런 선사
옷감, 참 멋스럽네.

꽃단장 머리 장갑
부산히 재바른 손
어르고 눈길 가는
거의 모사꾼 낯빛.

더욱 잘 꾀하도록
손님 사게할 물건
소신껏 과시 하니,

훌훌 날려갔으나
겉치장만 사갔네
참된미엔 못닿고.

작은 손의 일꾼, 심부름 꼬맹이

부유한 고객층의 요구 사항을 만족시키기 위하여 의상 상점의 상인들은 부인들을 대신해서 쇼핑과 무료 배달을 할 매우 어린 노동자들을 고용했다. 그들은 주로 보조금을 마련해 자신들의 학비를 벌려는 학생들이었고, 이렇게 도처를 뛰어다니며 돈을 벌었던 배달인을 〈심부름 꼬맹이(trottins)〉 라 불렀다. 심부름 꼬맹이들은 상점들을 돌아다니며 가능한 빨리 자신들의 소임을 다하려고 종종걸음을 쳤고, 손님을 기다리게 할 수 없었을 뿐만 아니라 시간을 아껴야만 더 많은 일을 그래서 더 낳은 급여를 받을 수 있었다.

대부분이 16에서 18살의 소녀들이었다. 가벼운 외모에 매력적이고 발랄한 인상으로 남성들의 그리고 식품점의 배달원인 같은 남자 동료들의 애욕을 끓게 했다고 전해진다. 비록 평민 출신이었으나 주로는 수종했던 상류층의 귀부인들보다 더욱 사랑받는 귀여움으로 심부름 꼬맹이들은 청춘 일꾼의 매력과 애교를 대표했고 적어도 인생에 살맛을 간직하고 살았다. 오늘날까지도 이렇게 상큼하고 매혹적인 이미지는 젊은 파리지앵 아가씨들을 상징한다고 볼 수 있다.

심부름 꼬맹이

박식한 질서정연
맛좋은 푼돈들고
망사리본 꽃장식
콧바람 휘이파람.

대체로 귀부인들,
불멸의 신분이나
파는 치장들 아래
모모 자비도 없네.

정복자 밝은 미소
아양스런 입술 위
열렬한 시선 앞에

백옥 살끝 안붉히고
꿍꿍이 속 받아들인
무심히 내린 속눈썹.

대가들의 그늘 아래, 모사가

미술 박물관이 세워진 이래, 모사가들은 대가들의 귀감이 되는 걸작들을 학습하면서 테크닉적인 면을 향상시키기 위하여 대가들의 작품을 찾았다. 오늘날 점점 더 줄어드는 것으로 보여지는 이런 활동은 당시 허용되었을 뿐만 아니라 루브르 박물관과 같은 대형 기관에서는 장려까지 했었다. 이러한 옛 학습법의 중요성은 19세기에 접어들어 왕실 수집품들이 일반인들에게 공개되면서 더욱 부각되었다. "애호가들과 예술 교육기관의 배양에 힘써야 하는 루브르 박물관(Musée du Louvre)은 시각 미술의 맛을 최대한 살려야 한다. 기관을 모든 시민들에게 개방하여 각자가 다양한 그림 앞에서 자신의 화판을 세울 수 있도록 한다." 고 선언했을 정도였다.

미술학교의 학생들은 출입증이 있었고 전문 작가들이나 애호가들은 박물관 관리소에 출입 허가증의 요청이 가능했다. 한 시대 혹은 왕립미술아카데미 시절에는 학교에서 오로지 데생 만을 가르쳤고 대가들의 작품 모사(관찰-본보기의 기술 연마-기법 깨닮기-자신만의 요령 터득하기)는 그림을 그리는 데 있어서 최고의 방법으로 삼았을 뿐만 아니라 그것은 제 자신의 실력을 발휘할 기회이기도 했다. 출신 마을에서 학자금을 지원 받는 장학생들에게는 루브르 박물관의 작품을 모사하고 그것을 고향 마을의 박물관에 기증하는 것이 거의 의무였다.

전문 작가들에게 모사는 생활의 수단이었다. 왜냐하면 당시에는 애호가들 혹은 미술상인들의 주문에 따라 활성화되었던 중요한 미술품 모조 시장이 존재했기 때문이다. 당연히 상거래 사기 행위를 방지하기 위해서 모사 작품들은 원작과 다른 판형으로 제작되어야 했다.

루브르 박물관

둥근 모자 간결 곧은 치마
그녀, 실로 그림자 홀 갖네
고정됨 없이 벽귀 차지한
캔버스 우뚝 제 값도 갖네.

좁다란 사다리 걸터 앉아
설익은 솜씨 서투른 솜씨
순수 예술의 본 해석으로
참 별스런 노고 열성이라.

먼후일 손쉬운 환호 찾아
소일거리 네, 만족한다네
그녀 사람들 비웃는 경솔.

살자, 외람된 시선들고
사람이 격노한 별살생생
겨냥하고 뚝심스런 노고.

黃山松煙

재주꾼들의 학교

위대한 음악가가 되는 것은 장래가 유망한 많은 연주가들의 꿈이다. 한 때 프랑스에서 콩세르바트와르(Conservatoire)는 전문가가 되고자 하는 음악 학교의 모든 학생들이 항상 반드시 거쳐야 할 과정이었다. 파리의 성악 학교와 음악 학교가 통합된, 프랑스 혁명 말기에 태어났던 콩세르바트와르는 매우 빨리 음악과 무용과 극예술의 전문가 양성 과정을 보장하는 국가적 차원에서의 국공립 예술학교가 되었다. 콩세르바트와르 창립 이후 피아노와 솔페지오와 성악 수업이 여성들에게 개방되기까지는 첫 번째 여성 바이올리니스트가 나온 19세기 중엽을 기다려야 했다. 20세기 콩세르바트와르의 교수들은 클로드 드뷔시(Claude Debussy) 혹은 모리스 라벨(Maurice Ravel)과 같은 유명한 음악가들이었고, 이때 명망 높은 국립 음악 학교(Conservatoire National de musique)의 졸업장을 받는 것은 전문가의 길을 걷는 마이스터 음악가들을 보증했었다. 하지만 이러한 명성 높은 비결을 얻기 위해서는 몇 년 동안 악착스러운 연주 연습을 미리 수행한 뒤에 콩쿠르를 통해 선발되는 조건이 뒤따랐다. 그런 뒤에 또다시 몇 년 간의 교육과정 중에서는 낙선할 위험이 있는 오디션 시험이 규칙적으로 이루어졌다. 모티베이션은 매우 엄격한 규율 앞에 빈틈없어야 했고, 작업은 완벽해야 했으며, 열정의 희생자들에게만 특권을 부여했다. 이토록 고명하고 거룩한 잔을 얻기에 성공한 이들은 언젠가는 어쩌면 마침내 거장이 되는 꿈을 계속해서 꿀 수 있었다.

콩세르바트와르(예술학교)

헝클어진 금발 월계관 쓴 이마아래
의젓한 눈길 초롱한 눈동자 가렸네.
떠들어대고 작은 뒤꿈치에 호방함
노골적 제걸음걸일 따라 또각또각.

그래, 바이올린 잠든 케이스 흔들며
멋진 손짓 연주하는 자신 바라보네.
천공의 문장에 멍한 관중이야말로
초고속 초장장의 성공 보장할테다.

단꿈에 젖은투쟁 그리며 푸른희망
우울한 출구로 쾌활하게 들어오네
거룩한 예술에 바친 그활력 그가치.

예기치 못한 어깃장에 압도될 테니
혹 아주 멀리갈 겸허한 교육자들로
그래, 미래여 자신들에 꿈 잊고마네.

대중 가요의 마력

오페레타 혹은 작은 극장이나 카바레의 여가수인 디베트(Divette)는 노래와 춤을 아우르는 오락성이 짙은 경가극의 가수였다. 서민들의 작은 인기 여가수는 명예나 각광을 알지 못했고, 빈민가의 선술집의 어슴푸레한 조명 아래서 자신의 예술을 행하는 형을 선고받았다. 어두침침한 카바레의 연기 자욱한 뒷방과 서민 극장은 대부분이 허다한 편애의 영역을 이루었다. 그녀들에게 있어 서정적인 거창한 비약은 경박한 여성으로 오인받기 쉬웠던 외설적인 상송과 흥겹고 노골적인 한 가닥 레퍼토리로 만들어졌다. 그럼에도 불구하고 디베트는 그랜드 오페라의 박공을 빛내는 스타들 못지않은 예술을 행했으리라 가려진다. 또한 그녀들은 관객의 기운찬 박수갈채 속에서 성공적인 공연의 긍지를 찾을 줄 알았다. 비록 상류층이 입는 프록코트와 실크 해트 대신 모시적삼과 헝겁 모자를 쓴 초라한 행색의 대중들 앞일지라도.

외설적인 가사로 공연하는 디베트, 여가수는 조명이 한 번 꺼진 뒤에는 익명의 군중들 사이로 겉치레도 찬사도 없는 소박한 생활을 다시 시작했다. 그리고 호색을 찾는 노래 가사들은 보다 더 존중받을 만한 서민으로서의 인생을 되찾은 예술인의 오막살이에 여전히 남아 있었다.

오페레타 여가수

레파토리에 관해
환상을 잃어버린
여가수 노래했네
여인이 가다듬네.

그녀 선택한 관중
격렬하게 당혹할
시적 향기가 거기
조심스레 남았네.

천연덕 말로 배운
아주 좋은 세상을
유혹하며 여가수.

외설적 도리 하고
참 평안한 중산층
결혼 꿈꾸네 여인.

예술과 욕망의 무용수

춤은 항상 무용수들의 숙련된 움직임이 표현하는 재능과 시풍으로 널리 애호되었다. 19세기 말엽에는 국립 그랜드 오페라가 수도에서 오페라 가르니에(Opéra Garnier)라는 이름으로, 그리고 프랑스 내 여러 대도시에서 다수 지어 질 정도였으니 말이다. 관객들은 매우 엄격했던 시대에 심상치 않은 타이츠한 의상 속에 신체의 곡선을 드러내는 젊은 여성들의 섬세하고 황홀한 동작의 연속을 감탄할 수 있었다. 존중했고 심취했으며 어떤 이들은 스타들처럼 숭배했던 이 아름다운 젊은 여성들은 미리 후원금을 제시하길 주저하지 않았던 부르주아 남성들에 의해 갈망의 대상이 되었다. 일관된 지원금을 받는 조건으로 발레 무용수들은 관대한 기부자의 '피보호자' 가 되는 것을 받아들였다. 이러한 풍습에서 비롯된 '돈이 많이 드는 취미가 있다 혹은 정부가 있다' 는 의미로 '무용수를 갖다-avoir (ou entretenir) une danseuse' 는 표현이 오늘날까지 프랑스어 속담으로 남아 있다.

덕행의 모범처럼 일상 용어로 사용되는 이런 귀하님들의 악습은 어린 무용수들의 별명인 '오페라의 작은 생쥐들(petits rats de l'Opéra)' 의 리허설을 숨겨진 회랑에서부터 조심스럽게 눈요기하기 위해서 오페라 극장의 관리인을 매수하기까지에 이르렀다. 오늘날도 이 숨겨진 회랑은 국립 음악 아카데미 파리 오페라 가르니에의 천장부 주변에 남아있지만 지금은 당연히 더이상 사용되고 있지 않다.

무용수

비단띠 아래 매우 정결한
쉼터 마냥 부동의 날개여
말없이 고이 떨군 눈동자
미에 바친 그들의 경의여.

산뜻한 탄력 이를때까지
한사코 이야기 털어놓는
제일 대성공한 모자쓰고
발돋움 낱낱이 음미하네.

솜씨좋은 발길 구연할수 있어
자신의 요염한 제국에 눈머는
사뿐히 국왕을 위한 부르주아.

선사들 중에 하루가 온듯
이 연적이 쉬이 한숨짓는
가는 비이단 띠에 영광을.

서민의 국밥, 뒤발댁

'뒤발댁 수프' 는 오늘날까지 성공적으로 유지되고 있는 서민 식당이다. 파리의 레 알 지역에서 정육점 주인이자 지금은 사라진 튈르리(Tuileries) 궁전의 황제의 수라상에 육류 납품업자였던 피에르 루이 뒤발(Pierre-Louis Duval)에 의해 식당이 최초로 개업을 한 것은 1860년도였다. 이 인본주의자는 간부들을 위해 일했고 동시에 누구나 사먹을 수 있는 저렴한 가격으로 서민들을 위한 서비스도 제공했다. 그의 첫번째 음식점에서 푸줏간 앞치마를 두르고 홀 서비스를 했던 종업원들은 쇠고기 수프를 날랐다. 식당의 이름을 '뒤발 수프' 라 부르게 된 것도 이런 특징에서 찾아볼 수 있다. 이어 두 번째 식당이 역시 레 알 지역에서 헐값에 노동자들과 동네 사람들을 위한 단 하나의 요리를 내놓는 서민 식당으로 차려졌다. 거기에서 사람들은 '격식을 차리지 않고(à la bonne franquette)' 배를 채웠고, 종업원들은 어려운 환경의 손님들을 위해 조금이나마 인간적인 따뜻함과 박애를 느낄 수 있었던 작은 배려를 다했다.

화가 오귀스트 르누아르(Auguste Renoir)도 1875년작 '뒤발댁 여종업원(Une serveuse au restaurant Duval)' 이라는 제목으로 뒤발댁의 종업원의 상냥한 미소를 후세에 전했다. 이 그림은 검소하고도 양심적인 사람을 향한 진정한 감사의 마음을 담고 있다고 볼 수 있다. 이어지는 해에는 아들, 알렉산더 뒤발(Alexandre Duval)이 아버지의 자리를 물려받았고 스무 군데가 넘는 일종의 국밥집을 연이어 차리게 된다. 이런 컨셉은 지금도 수도의 여러 지역에서 '수프(bouillons)' 집으로 매우 좋은 호흥을 얻고 있으니 여전히 영속하고 있다고 할 수 있겠다.

뒤발댁

식탁과 식탁 사이 종업원
발랄한 발소리 밝은 눈빛
참으로 버젓한 무게 실은
나긋한 팔들이 둥실 둥실.

가장 안락한 어름에
단골 자릴 마련하고
극히 상냥한 한마디
흥에 겨워 대답하네.

이바지는 순조롭네
가지런히 성의다해
모가락도 방심않고.

그녀가 건넨 특별한
이러 저러한 배려와
저마다 연달아 한껏.

젊은 일꾼의 여건, 작은 가정부

사회 보장 제도가 아직 막연한 계획 단계에 있던 시절에 한 집안의 고용살이는 항상 부러운 인생은 아니었다. 부르주아 가정에서 궂은일을 도맡았던 가정부는 특히 헤아릴 수 없는 많은 일을 했다. 우리가 잘 알다시피 당시 특권층의 가족들은 이 작은 사람들에 대한 고려가 전혀 없었고 그 어떠한 의견도 받아들이지 않았다. 만약에 속된 말로 이 계집종이 행운인지 불행인지 매력적이었다면 합의건 강제건 주로는 그 집안 주인의 침대로 갔다. 그것은 하녀들이 왜 가벼운 품행의 여자로 낙인되고 말 많은 수다쟁이(마르고톤–margotons)이라는 별명이 붙는지를 보면 알 수 있다.

그럼에도 불구하고 드물지만 젊은 하녀들도 그녀들과 비슷한 여건과 또래의 젊은이들을 만나서 사는 기쁨을 되찾고 직무에서 해방되는 자유시간이 있었다. 그들의 젊음과 활력은 직업의 파란곡절을 잊고 약간의 자유를 누릴 수 있는 가장 기본적인 으뜸패였다. 또한 그녀들은 부드러운 시련과 변덕을 참아 내는 구혼남에게 그들 애인의 감정의 선동자로서 그녀들 차례가 되어 빈곤한 여건에 대한 맞좋은 대갚음을 채울 수 있었다. 그리고 만약 좋은 가문의 젊은이의 마음을 사로잡을 수 있다면 시중을 드는 사람에서 받는 사람으로, 대수롭지 않은 쪽에서 장벽 건너편으로 뛰어넘을 수 있는 기회가 온 것이었다.

작은 가정부

그녀를 아는 여럿 시선아래
멋진 블라우스 도두보이는
싱그럽고 깜찍한 헝겊모자
재바른 걸음 얌전히도 가네.

쾌활함 되살아난 마르고톤
살며시 메시지 들고 달음질
고운 얼굴빛 지나치는 결에
여럿 쾌남아 얼간이 만드네.

비위 맞추어야 할 부르주아
혹 거칠거칠 피곤한 노동의
변덕 차례 역정 - 그건 잊고서

누구인가 뒤밟는 느낌 들어
자그마한 군센발 뛰게 하네
자신의 당번 오길 기다리며.

가난에 맞서는 구세군

19세기 말엽, 1865년에 만들어진 완전히 새파란 군대는 싸움을 좋아하지 않았다. 그러나 유난히 가난이라는 교활한 적을 물리치기 위해 고군분투했다. 그것은 무산자들이 밀집했던 런던의 빈민촌에 신앙을 전파하고, 가난과 맞서 싸우기 위해 첫번째 기독교 사절단을 세운 영국 신교도 목사, 윌리엄 부스(William Booth 1829~1912)에 의해서이다. 이 임무는 1878년에 구세군이라는 명칭을 갖게 된다. 목사의 생각은 '사회적 발전은 복음의 힘으로 사람을 변화시키지 않는 한 자연히 이루어질 수 없는 것' 이었다. 그리고 빈곤 속에 살았던 사람들에게 종교적 가르침의 길을 열기 위해서는 올바른 생활 환경이 먼저 획득되어야 했다. 이러한 바탕으로 '수프-Soup, 비누-Soap, 구원-Salvation (soupe, savon, salut)' 즉 음식과 청결과 영혼의 평안이라는 구세군의 좌우명이 태어났다. 이후 구세군은 모든 서양 국가들의 사명이 되는 국제적 차원에서의 성장을 이루었다. 그것이 작동하는데 필요한 후원금을 마련하기 위하여 구세군은 연말 기간에 거리에서 펼치는 '크리스마스 냄비들(les marmites de Noël)' 이라 불리우는 기금 모금을 기획했다. 이런 기회를 통해 많은 실천가들은 크리스마스 쇼핑을 하러 오는 유복한 군중들 사이로 그들의 자비심과 이웃 사랑을 일깨우러 거리에서 거리를 돌아다녔다. 하지만 구세군은 단순한 자선 단체 만은 아니었다. 그것은 우선적으로 신앙 속에서 차별 없이 인간의 궁핍의 짐을 덜어주려 했던 사회적 운동이었다. 이 평화주의 군단의 매개가 되는 메시지는 다음과 같다. "여인네들이 우는 한 나는 싸울 것이다. 아이들이 배고프고 추운 한 나는 싸울 것이다. 알콜 중독자가 있는 한 나는 싸울 것이다. 거리에서 여아가 몸을 파는 한 나는 싸울 것이다. 감옥에 사람들이 갇힌 한 그리고 단지 거기로 다시 들어가기 위해 석방되는 한 나는 싸울 것이다. 하느님의 광명을 잃은 인간이 있는 한 나는 싸울 것이다..."

구세군

파란 전투부대여, 전진하라!
웃음과 비난에도 불구하고
기나긴 세월의 골무리속에
혼들을 습격하는 행진이여.

제어투와 제항의를 위하여
우리가 조소하는 이것속에
빛줄기 없는 인간의 은총에…
거룩한 신념 불꽃을 튀웠네…

신선한 잉글리시긴 허나,
기만의 술책 추한 모자아래
새 파란 눈동자 거북하노라.

전진하라! 더 불하키 위하여
호시탐탐 결단코 잊지 않는
신전을 덮은 그리너웨이라.

FRANÇAISE
REPUBLIQUE
THE UNITED STATES OF
L11180916G
ONE DOLLAR

50 Cinquante Francs
Berliet
.LE.FOYER DU PEUPLE.
.SOUPE GRATUITE.
.DE NUIT.
ARMÉE DU SALUT
LE 31 DÉCEMBRE
REPAS POUR 100 PAUVRES
QUI DONNE AUX PAUVRES

올빼미형의 은신처, 야간 식당

낮의 파리와 밤의 파리, 이 다른 두 세계는 항상 공존했다. 낮의 과도한 열광과 끓어오름은 땅거미가 지기 시작하면서 야행성 인구의 출현으로 잇달았다. 마치 도시가 해거름에 얼굴을 바꾸듯 낮은 노동자들의 무리로, 밤은 부르주아들의 흥청거리는 사람들로. 낮 동안에 비해 더욱 부드럽고 더욱 비밀스러운 분위기 속에서 야행성들이 덜 극성맞다고는 볼 수 없었다. 극장과 공연장에서 나오거나 거침없이 파티를 즐기는 사람들은 죄다 식당으로 몰려들었다. 밤 늦게까지 여는 이런 식당에서는 하루종일 이어지는 공연으로 긴 하루의 피곤함을 좋은 식사 한끼로 떨추려는 공연을 마친 극단들도 찾아 볼 수 있었다.

마치 밤이 올빼미형이 붙잡고 있던 것을 빼내듯 그들은 울려 퍼지는 웃음 소리로 구두점을 찍는 시끌벅적한 대화를 하느라 말소리를 높였다. 결국 평범한 시민들은 자신들의 거처로 들어간지 오래고, 야행성들은 노역보다는 파티를 즐기는 비슷한 습성들 사이 한밤중에 남아 있었다. 남자들은 즐겁게 건배했고, 호화로운 옷차림과 모피 외투를 걸친 여자들은 매력을 발산했으며, 유혹은 그들이 즐겨 찾는 활동 중에 하나였다. 잘 갖춰진 식탁 주변을 돌아다니는 대화들 속에서 심각한 주제는 찾을 필요는 없었다. 지금 막 보고 나온 공연에 대하여 이러쿵저러쿵, 동석자 곁에서 관심을 사려고 몇몇 격언도 꺼내 놓고, 특히나 뜬소문은 퍼뜨리기 좋고, 예절과는 먼 친밀감을 느끼는 이런 순간들. 정말이지 매우 피상적인 사람들의 무의미한 대화란...

야간식당

거대한 살롱은 백금장.
하이얀 린네르 테이블
야참먹는 멋쟁이 껄껄
열띤척 열변 흩뿌리네.

그녀온다, 아른한 치장
선정적 시선 생기잃고
육중한 모피 코트에의
짓누르는 무게 넘기며.

이상야릇 눈길 비추니
모 동화속 공주님처럼
환상적 공기 신비롭다.

화장기 짙은 은근미소
기꺼이 테이블가 앉아
아득한 얘기 솔솔푸네.

매력도 노고도 많은 빨래 소녀

산업 혁명 시대에 매우 성행했던 세탁 직업인은 프랑스의 수도에만 거의 십만 여명이 있었다고 하니 빨래하는 여인들과 세탁부들은 파리에서 핵심적인 직업 중에 하나였다. 부르주아 계급에서 옷을 잘 입는 일은 매우 중요했고, 그것은 사회 계층을 드러내는 이미지의 문제였다. 그러니 빨래에 들이는 노력 또한 매우 중요할 수 밖에 없었다.

당시에는 수도 시설이 없었기에 센 강 제방에 위치한 빨래터에서 옷을 빨아야 했다. 그것은 많은 직원들을 고용했던 진정한 산업이었다. 먼저 수도권 내의 전 시·읍·면에서 찾아볼 수 있었던 표백 일꾼들이 대가족들의 집안 세탁물-커튼, 식탁보, 침대보 등-을 빨았고, 특히 파리 시내에만 자리잡았던 의류 표백일꾼들이 센 강가에 모여들어 자유 계약직으로 빨래를 했다. 그녀들은 두드리고 헹구기 전에 낮 동안에 물에 담가 두었던 세탁물들을 회수했고, 그런 뒤에 세탁장의 청년들이 세탁물의 주인들에게 배달했다. 상인들을 위해서 일했던 새 옷 끝손질 빨래를 했던 여인들도 있었는데 그녀들은 제조와 판매 아틀리에서 나오는 의복들을 세탁하는 일을 담당했다.

빨래하는 여인네들은 땅주인이었던 빨래터의 주인들에게 자리를 빌려야 했다. 그리고 하루종일 물에 손을 담그고 힘겹게 일했다. 거기에서는 모든 연령대의 여인네들을 찾아 볼 수 있었고, 겨우 15살에서 16살의 가장 어린 소녀들은 그녀들의 투박한 차림새에도 불구하고 이 힘든 직업에 매력도를 가미하기 위하여 리본이나 꽃 장식으로 멋을 더할 줄 알았다고 하니 노동이 고된 빨래터의 습함 속에서도 자신들의 매력과 삶의 기쁨을 안고 살았다고 볼 수 있다.

빨래하는 소녀

대바구니 이고 젖힌 상체
소녀 갓빤 빨래 가져가네,
곱게 채비해 사뭇 뺏뺏한
가늘고 듬직한 모습 가네.

꼬옥 들어맞는 두건 쓰고
나긋 나긋 윤곽선들 산뜻
갖가지 비용 드는 열여섯
고상하게 우악스런 매력.

헝클진 머릿결 물결치며
또랑또랑 눈망울 매듭진
열송이 쌈짓돈에 웃는꽃.

솔솔 좋은 심성 향기로운
흥겨운 노동 싱그런 건강
저리 재단장 한걸 보라네.

장터의 낙, 회전목마

회전목마라 불렸던 나무로 만든 인형 말 타기는 남녀노소 모두가 즐기는 놀이였다. 회전하는 나무 노대 위에는 각종 동물 모양의 좌석들이 달려있고, 전체는 주로 유명한 작가들이 서명한 예쁜 그림들로 장식되었다. 장식띠로 사용된 다양한 작은 널판자들이 노대의 처마 끝에 돌출한 테두리를 풍경, 고성, 전쟁화, 구품천사와 이국적인 장면들로, 또한 나무 조각상들과 거울들이 내부 면을 장식했다. 어떤 회전목마는 두 층으로 되어 있었는데, 나무 말들을 수직 빗장으로 고정시키고, 파이프오르간 소리가 나는 손풍금으로 연주한 왈츠나 행진곡에 맞춰 빗장의 높낮이에 따라 오르내렸다. 그것의 선회는 관객들과 주변 경관을 연속적으로 보여 주며 즐겁고 신나는 무도회에 들어간 느낌을 주었다.

프랑스에서 첫번째 회전목마는 국왕 앙리 4세 재위 시, 15세기 르네상스 시절로 거슬러 올라간다. 그때는 묶어 놓은 말들이 말뚝 주변을 돌았던 진짜 말들로 되어 있었다. 프랑스 혁명 이후에서야 진짜 말들을 나무 말들로 대체했고, 19세기에 들어서 움직이는 말의 동작을 기계화했던 것이다. 회전목마는 전기 모터가 나타나기 전까지 증기 동력으로 작동했다. 사람들이 즐거워했고, 온갖 축제에서 빼놓을 수 없는 놀이로써 과학기술의 개선의 시대를 대표했다. 고함들과 두려움과 같은 즐거움은 감동이 약속됨을 증명하기 위해 거기 있었다. 오늘날까지도 회전목마는 그 시절과 유사한 고전이건 신식이건 간에 관광 명소에서 빼놓을 수 없는 놀이 기구 중에 하나이다. 그것은 세월이 흘러도 그토록 신나는 즐거움을 가져다주는 이 소중한 말타기를 살리기 위한 모험 속으로 뛰어든 몇몇 회전목마 제조업자들이 여전히 존재하기 때문이기도 하다.

회전목마

아리따운
마알떼들
내던지네.
덩실덩실.

아우성.
경악들.
춤사위
파편들.

두려움.
심장이
도오근.

우리 웃네.
너무 빨리
끝이 나네.

CARROUSEL
LA BELLE EPOQUE

시인의 언어, 꽃장수

자신의 인생을 올바르게 밥벌이하기 쉽지 않았던 시절에는 모든 잡일들이 있으면 반가운 것이었다. 꽃장수 직업 또한 그에 속했고 게다가 시인과 사랑의 언어로 꽃꽂이를 해야 했던 이 일은 약간의 낭만적인 아우라의 광채를 드리운 밥벌이였다.

꽃장수 직업은 통제가 없었고 소득세와 공납금이 면제였다. 그것은 남녀노소 구분 없이 어린 아이도 일할 수 있었고 야간 행상도 허용되었다. 중세 때에 꽃 엮기는 귀부인들의 취미생활이었지만, 19세기의 꽃을 엮는 사람들은 궁핍에 시달렸다. 장미로 엮은 화환과 꽃 모자와 다양한 구성들은 풍부한 조상들의 작품 복사본을 본떠서 만들었는데 이러한 관례는 대대로 전해져 내려오게 되었다.

꽃장수는 거리나 성당 앞에서 뜨내기 장사를 하였는데, 꽃과 깃털을 함께 구성했던 깃털 장식 상인들과 경쟁 관계에 있었다. 꽃가게와 원예가 상점의 발달이 점점 더 그들에게 추가 경쟁 상대가 되었다. 손님층의 만족도를 위하여 꽃들은 매우 신선하고 아름답게 눈부셔야 했기에 밤 늦게 혹은 이른 새벽에 이 귀한 상품을 꺾으러 나갔다. 그들 중에는 아침 8시 전에 레 알 중앙시장에서 판매했던 원예가들의 꽃을 상거래를 하는 이들도 있었다. 여아들에게 있어서 이 직업의 수련은 청소년기 직전부터 시작했고, 이러한 시적 언어를 배우는 색감과 향기와의 조화는 시대를 가로질러 성공했던 진정한 예술이었다.

꽃파는 아이

싹트고 신소한 꽃들 보라
물안개 자욱한 파리 근교
본데 없이 아기자기 예술
화알짝 소쿠리 화관 썼네.

웃음꽃띤 커다란 눈망울
한아이 그걸 산보시켰고
건네며 그토록 활기차게
그토록 적은값에 팔다니.

익숙하게 동여맨 다발속
역경들도 지나갔으리만
과연 꾀이는 본성이라니.

오직 몽환적 향기 선사고
우리의 응석 고방케하는
과연 포석밭에 미소라네.

상류층의 약속, 그랑프리

매년 4월에서 9월 사이, 햇살 좋은 철이면 유산 계급들은 서로 규칙적인 만남을 가졌는데, 이름하여 '그랑프리(grands prix)' 라는 국제적 규모의 스무남은 경마 경기였다. 상류층 가족들은 수도의 부촌인 16구 지역에 인접한 불로뉴 숲 속에 롱샹(Longchamps)과 오퇴유(Auteuil) 경마장에서 열리는 행사들을 통해 서로 다시 만났다. 또한 같은 범주인 샹티이(Chantilly) 혹은 도빌(Deauville)과 같은 지방 휴양 도시에서도 마찬가지였다. 이 그랑프리 경마는 기수들–부유한 경마마 소유자들–뿐만 아니라 전 세계적으로 유복한 관객들을 끌어모으는 원동력이 되었다. 서로를 돋보이게 할 기회였고 가장 화려한 차림새로 문명세계 곳곳에서 모여든 많은 부자들의 눈길을 끌 수 있는 자리로 활용되었다. 만약에 이 경기들이 시합을 통해 거대한 금액의 판돈을 쓸어갈 타이밍이었다면, 기마의 매력은 경기 자체보다는 경기장 주변에서 우아하게 눈부시고 정묘하게 꾸민 귀부인들이 펼치는 광경에 의해서 약간은 압도되었을 정도였다. 이런 시위는 야외에서, 경마장의 잔디밭 위에서 이루어졌으며, 상류층들이 무산자들의 시선 밖에서 모이기 쉽상이었던 시절에 충분히 유다른 모임이었다고 할 수 있다. 때는 봄이 만연하여 그들도 태양 빛–이 시절 상류층 귀부인들은 매우 새하얀 피부를 유지해야 했고, 피부의 그을림은 평민들의 지속적인 노동의 결과일 뿐이었다는 것을 상기하자–을 무릅쓸 엄두를 내었다. 레이스가 달린 작은 양산을 쓰고 이쪽 그룹에서 저쪽 그룹으로 건너다니면서 서로 이야기를 나누었으며, 대단히 잘 갖추어진 트렁크에서 꺼내고 호화로운 식기류에 담긴 정제된 요리들이 펼치는 전원의 풍경이 피크닉의 풍미를 더했다. 물론 풀밭 위에 소풍이긴 했으나 세브르(Sèvres)산 도자기와 바카라(Baccarat)크리스탈 잔에 담긴 소풍이었다니!

그랑프리

청초목 위에
발자국 함성
파리의 명사
열어 젖혔네.

준비는 했고
노심 초사한
총아들 어쩜
헛수고 했네.

마지막 내기
멋지게 함성
곧 폐정될 철.

기인달 내내
한번 더 한번
떠벌리고 만.

COURSES
DE FONTAINEBLEAU
DONNÉ
PAR L'EMPEREUR
St Denis
La Villette
Belleville
Passy
Gentilly

파도에 담긴 우아한 발

현재와 같은 비키니 수영복이 존재하지 않았던 시절, 부르주아 계급의 여성들은 발만 물에 담글 수 있었다. 이 시절에 수영을 한다는 것은 있을 수 없는 일이었고, 젖은 옷으로 자신의 실루엣을 불특정인에게 보일 위험이 있는 물 속으로 몸 전체를 담그는 일은 상상도 할 수 없는 일이었다. 이 부인들에게 적합한 옷차림은 여전히 우아함 속에 머물러 있었다. 목선을 어느 정도 깊이 판 가벼운 천의 드레스가 물에서 걸을 때 젖지 않을 정도의 길이로 무릎 밑선까지 내려왔다. 그리고 타인의 시선을 피하기 위하여 물에서 나왔을 때 즉시 몸을 둘러쌀 수 있도록 긴 망토로 차림을 보충했다.

그렇지만 이미 산업 혁명과 황금시대로 인해 변화가 돌입하기 시작했고, 어떤 이들은 관습을 탈피해 실용성 위주의 새로운 장식, 주로는 파랗고 하얀 가로줄 무늬가 있는 가벼운 소재의 타이츠한 의상이 허벅지 중간까지 내려오는 극도로 과감한 방식–수영객 차림–으로 차려입기를 주저하지 않았다. 처음에는 격렬히 외설적이라는 평을 받았으나, 이런 차림새는 20세기로 접어들면서 서서히 자리매김하기에 이르렀고, 오늘날 우리가 아는 하나로 된 수영복으로 차차 줄어들게 되었다. 만약에 당시 우리가 수영을 하지 않았다면 그들은 바닷가에서 도대체 무엇을 했을까? 해변가에서 해변 놀이, 산책, 조개나 게 줍기를 더 우선시하였다. 조금 더 멀리 나아가 보면 바람을 타고 여린 쪽배를 지탱하는 초보 항해자의 무대였다. 그리고 특히 이 부르주아 세계의 여성들이 가장 좋아했던 활동은 뭐니뭐니 해도 과시하기였다!

해변가에서

가뿐한 발 경쾌한 고정,
게 불가사리... 낚기 위해
범선이 잠든 파도 곁에
싱그러운 그녀 서 있네.

가운데치 무게 어망에
단일 무명베 짧은치마
옷소매 없이 드러나는
능통히 있는걸 아는팔.

투박한 뱃전이 두려운
막대한 바다의 입맞춤
무모함 없이 용감하네.

그녀를 부여잡는 이유
가장자리 앞 모랫길위...
그 매력 더잘보이리니.

洛山寺

기쁨의 돌격전

결코 난투가 없었던 꽃전쟁(batailles de fleurs)은 프랑스 남부 지방의 니스(Nice) 혹은 망통(Menton) 도시에서 열렸던 주요 축제, 특히 카니발 시기에 막대한 양의 현지의 꽃들을 필요로 했다. 명확한 테마에 알맞게 수레를 장식하고 대중들에 의해 행사의 승자를 가렸던 이 전쟁은 실은 꽃 장식술 콩쿠르라 보면 된다. 일조량이 좋아 원예업이 활성했던 프랑스 남부의 니스와 같은 지방 도시에서 첫 번째 꽃마차가 행진했던 것은 19세기 말엽이다. 그렇지만 대부분이 상류층을 위한 우아하고 아름다운 행진이었고, 복잡한 형태를 만들기 위한 장식용 꽃으로 뒤덮였던 마차들은 서민층이 찾았던 축제의 거리와는 동떨어진 대로에서 줄을 이었다. 카니발은 10세기, 베네치아 가면 축제(carnaval de venise)로 이미 아주 오래전부터 존재했지만, 꽃마차 행렬은 카니발 때 빠질 수 없는 이벤트처럼 점진적으로 그 비중을 차지하기에 이른다. 니스와 망통 이후 칸(Cannes) 도시에서 첫 번째 꽃축제를 시작한 것은 1898년이다. 지중해 연안의 소도시들에서 다른 도시들로, 1890년이 되면 꽃축제들이 세계로 전파된다. 니스 축제에서 직접적인 영감을 받은 것으로 보여지는 미국, 패서디나(Pasadena) 도시에서 이미 꽃축제가 있었다. 1907년에 시작된 브라질, 리오의 카니발(carnaval de Rio)에서의 꽃 자동차 행렬은 노예 제도 폐지를 기념하기 위하여 시작되었다.

꽃마차 행렬 중에 청중에게 꽃을 던지는 풍습은 오랫동안 전해져 내려왔으며, 우화적이고 상징적인 주제로 음악을 동반한 꽃축제의 마차 행렬은 오늘날까지 그 전통이 이어지고 있다. 마차는 황홀한 무늬를 제작하기 위하여 단단한 스펀지에 수만 송이의 꽃을 손으로 직접 꽂아 장식했고, 그때나 지금이나 같은 방식을 고집하고 있다.

꽃전쟁

꽃들의 전투 매력의 전투라
기운과 영광, 문예와 색놀이
환상의 섬광 보드런 연약함
납빛 하늘이 유일한 경보네.

무념도 눈물도 없는 복대결
투박한 활이 꽃받침 스치고
후회없는 승 고통없는 패로
방패 막이 적군을 놀래키네.

향기로우니 봄의 전쟁이라!
눈부신 미소의 예주장하니
꽃핀전사들 무리를 펼치네.

긁혔던들 가고 눈길 환희오고
돌아온 축제 여인맘 흡족하게
장미 자줏빛 손가락 물들이네.